21 世纪中等职业教育规划教材

Adobe Premiere Pro CS3 中文版 影视编辑案例教程

主　编　刘利杰

副主编　郭立红

中国水利水电出版社
www.waterpub.com.cn

内 容 提 要

本书以项目案例式教学模式，介绍了 Premiere Pro CS3 的使用方法和应用技巧。全书共 8 章，包括 Premiere 的基本知识、视频转场、视频滤镜的使用、音频转场及音频滤镜的使用、字幕的制作及实例解析等内容，总计 30 个教学实例及相关的辅助教学安排，对 Premiere Pro CS3 进行由浅入深的讲解和练习。

为了方便读者的学习，本书附赠光盘中包括素材库、实例源程序，可以在学习过程中随时调用以作参考，并且每一章都配备习题。

本书适合作为中等职业学校艺术类专业、动漫专业或任何专业的选修教材，也可供培训班的初级和中级读者阅读和使用。

本书配有电子教案，读者可以从中国水利水电出版社和万水书苑的网站上免费下载，网址为：http://www.waterpub.com.cn/softdown/和 http://www.wsbookshow.com。

图书在版编目（CIP）数据

Adobe Premiere Pro CS3 中文版影视编辑案例教程 /
刘利杰主编. 一北京：中国水利水电出版社，2009
21 世纪中等职业教育规划教材
ISBN 978-7-5084-6367-4

Ⅰ．A… Ⅱ．刘… Ⅲ．图形软件，Premiere Pro CS3－专业学校－教材 Ⅳ．TP391.41

中国版本图书馆 CIP 数据核字（2009）第 040523 号

策划编辑：石永峰 责任编辑：杨元泓 加工编辑：陈 洁 封面设计：李 佳

书　　　名	21 世纪中等职业教育规划教材 Adobe Premiere Pro CS3 中文版影视编辑案例教程
作　　　者	主 编 刘利杰 副主编 郭立红
出 版 发 行	中国水利水电出版社 （北京市海淀区玉渊潭南路 1 号 D 座 100038） 网址：www.waterpub.com.cn E-mail：mchannel@263.net（万水） sales@waterpub.com.cn 电话：（010）68367658（营销中心）、82562819（万水）
经　　　售	全国各地新华书店和相关出版物销售网点
排　　　版	北京万水电子信息有限公司
印　　　刷	北京市天竺颖华印刷厂
规　　　格	184mm×260mm 16 开本 14.75 印张 359 千字
版　　　次	2009 年 4 月第 1 版 2009 年 4 月第 1 次印刷
印　　　数	0001—3000 册
定　　　价	28.00 元（赠 1DVD）

序

自 1998 年教育部机构改革以后，高等职业教育、成人职业教育、中等职业教育"三教统筹"，各具特色，形成了共同发展职业教育的可喜局面。根据国务院《关于大力发展职业教育的决定》（国发[2005]35 号）和周济部长 2005 年 6 月 14 日在《全国县级职业教育中心改革与发展座谈会上的讲话》精神，根据职业教育"培养生产、服务、管理第一线需要的实用人才"和推行"半工半读、工学结合，强化实践教学"等规定文件精神，结合当前我国职业教育改革发展实际情况，对我国传统的教学模式提出了挑战，以提高人才培养质量为目的、人才培养模式改革与创新为主题的专业教学改革势在必行。

职业教育的培养目标较宽泛，其上限为技术型人才，下限为技能操作型人才，而主体则为技术应用型人才。以培养技术应用能力和提高职业素质为主线，设计学生的知识、能力和素质结构是职业教育改革的重点。在职业教育改革发展的同时，出现了许多亟待解决的问题，其中最主要的是按照职业教育培养目标的要求，培养一批"双师型"的骨干教师，编写出一批有特色的基础课程和专业主干课程教材。

教材改革是职业院校教育改革的重点，是职业院校学科建设的关键，是教学改革的基础。为解决当前职业教材匮乏的现象，由中国水利水电出版社/北京万水电子信息有限公司精心策划，与全国数十所职业院校联合组织编写了这套"21 世纪中等职业教育规划教材"。本套教材全面贯彻国家有关职业教育改革文件精神，从策划到主编、主审的遴选，从成立专家组反复讨论教学大纲，研究系列教材特色特点到书稿的字斟句酌、实例的选取，每一步都力争精益求精，充分考虑当前职业院校学生的特点，在编写教材中，以最新的理论为指导，以实例化操作为主线，通过案例引入、知识拓宽、综合训练等环节使学生掌握最基本的操作技能方法。

本套教材凝聚了数百名奋斗在职业教育第一线的教师多年的教学经验和智慧，教材内容选取新颖、实用，层次清晰，结构合理，文笔流畅，质量上乘。

本套教材涉及计算机、电子、数控、机械等专业的基础课和专业课课程，适合当前我国各类职业院校作为教材使用。

大力发展职业教育，加快人力资源开发，是落实科教兴国战略和人才强国战略，推进我国走新型工业化道路，解决"三农"问题，促进就业再就业的重大举措；是提高国民素质，把我国巨大人口压力转化为人力资源优势，提升我国综合国力，构建和谐社会的重要途径；是贯彻党的教育方针，遵循教育规律，实现教育事业全面协调可持续发展的必然要求。相信这套"21世纪中等职业教育规划教材"的出版能为我国职业教育的教学改革和教材建设略尽绵薄之力。

金无足赤，人无完人，本套教材难免会有不足之处，恳请各位专家和读者批评指正。

21 世纪中等职业教育规划教材编委会

2006 年 6 月

前　　言

Premiere 是 Adobe 公司推出的一款非常优秀的视频编辑软件，Premiere Pro CS3 是它目前的最新版本。它能对视频、声音、动画、图片、文本进行编辑，最终形成电影文件。Premiere Pro CS3 被广泛地应用于 DV 编辑、栏目包装、广告、字幕、网络视频、演示、电子相册等领域，更是目前主流的 DV 编辑工具，为生产出高质量的视频提供完整的解决方案。

Premiere Pro CS3 可以很方便地处理视频和音频内容，可以很容易将一段段独立的内容进行移动、缩放、拼接、裁减，可以处理位图图形，还可以把一种视频文件输出为其他各种格式的视频文件。Premiere Pro CS3 中特有的字幕编辑器可以制作各种各样的字幕效果，比如在电影、电视中使用的字幕，以及在个人视频中使用的字幕。

Premiere Pro CS3 还具有与其他软件的整合功能，比如与 Adobe After Effects 和其他第三方插件的整合。

本书编写打破常见的写作方式，以任务驱动的项目案例式教学模式，以宽基础、重应用为宗旨，重点强调理论与实践结合，将知识点、操作方法融入应用实例中。教材编写以实例化教学为主，理论与实践参半，所有实例具备素材及源程序，且每一章配备拓展练习。

本书通过七章讲座，总计 30 个实验案例（共计 72 学时），在内容上对 Premiere Pro CS3 中文版进行由浅入深的讲解和练习，适合初级和中级读者阅读和使用。另外在第 8 章中加入了相应的辅助教学内容，向使用者推荐在视频编辑学习中合理的练习和提高的方法。

另外，我们也要明确这样一个道理：想做出好的视频，一个优秀的设计方案和丰富的动、静态素材库是必不可少的。所以在学习的过程中，一定不能忽视向优秀作品学习的这种最行之有效的提升自己设计水平的途径。学习者还要多创造机会拍摄有价值的视频素材，并将之应用到具体的实践中，以此增强自己的实践经验。

本书以 Premiere Pro CS3 软件自身体系功能在视频编辑中的实际应用为主线，共分 8 章，每章的编写内容如下：

第 1 章　Premiere Pro CS3 的基础知识。本章简要介绍 Premiere 软件的常识和基本概念，包括视频制式、数字视频和音频、线形和非线性编辑、视频编辑的常见术语、采集视频等内容，这些内容是初学者必须要了解的。然后通过一个电子相册的制作的实例来熟悉软件中各个界面的使用，理解影视编辑的工作流程。计划学时：2 学时。

第 2 章　影视制作操作基础。本章通过 3 个实例的应用，介绍关键帧、动态素材编辑，以及快速输出影片的方法。计划学时：10 学时。

第 3 章　视频编辑之场景切换。本章通过 3 个实例来介绍在 Premiere Pro CS3 中场景转换的设置方法。在实例之后，本书对 Premiere Pro CS3 中常见的转场效果进行总结。计划学时：8 学时。

第 4 章　视频编辑之滤镜的使用。本章通过 3 个实例来介绍在 Premiere Pro CS3 中滤镜的使用，以及滤镜参数的设置方法，并对 Premiere Pro CS3 中常见的滤镜效果进行展示。计划学时：8 学时。

第 5 章　字幕的制作。本章将通过 4 个实例学习如何进行静态字幕和动态字幕的设计。计划学时：12 学时。

第 6 章　音频的编辑。本章着重讲解音频转场、音频特效的使用，以及配音的方法。计划学时：4 学时。

第 7 章　案例综合。本章设置 12 个不同的实例来学习 Premiere Pro CS3 在不同领域中的使用。计划学时：28 学时。

第 8 章　辅助教学篇。本章提出 Premiere 软件学习的常见问题和基本技巧，以及提高学习速度的练习方法，并提出案例教学中用到的拍摄计划、分析计划、提高考核和综合分析各种活动内容的任务书。计划学时：24 学时。

本书附赠一张 DVD 光盘，所附内容为本书实例和课后练习中的源文件、相关视频素材以及最终效果，以便方便读者使用。

本书由刘利杰任主编并统稿，郭立红任副主编。具体分工如下：第 1、2 章由马海艳编写，第 3 章由邹维娇和陈浩编写，第 4、8 章由孙海龙编写，第 5、6 章由王焕杰编写，第 7 章由郭立红和贾晓东编写。其中特别感谢张旭东女士对本书的指导与支持。书中如有不妥之处，恳请广大读者批评指正。

编　者

2009 年 1 月

目　　录

第 1 章　Premiere Pro CS3 基础知识

1.1　本章目的及任务

1.1.1　本章目的

- Premiere 软件的系统要求
- Premiere 的基本概念
- 采集视频
- 制作一个简单的电子相册

1.1.2　本章任务

本章包含如下三个任务：

- 任务一：Adobe Premiere Pro CS3 的启动和退出
- 任务二：采集视频
- 任务三：制作一个电子相册

1.2　任务一：Adobe Premiere Pro CS3 的启动和退出

1.2.1　相关知识

一、Premiere Pro CS3 系统要求

- 处理器：Intel Pentium 4 以上（DV 需要 2GHz 处理器；HDV 需要 3.4GHz 处理器）、Intel Centrino、Intel Xeon（HD 需要 2.8GHz 双核处理器）或 Intel Core™ Duo（或兼容）处理器；AMD 系统需要支持 SSE2 的处理器。
- 操作系统：Microsoft Windows XP Professional、Home Edition Service Pack 2、Windows Vista™ Home Premium、Business、Ultimate 或 Enterprise（已经过认证，支持 32 位版本）。
- 内存：DV 制作需要 1GB 内存；HDV 和 HD 制作需要 2GB 内存。
- 硬盘：10GB 可用硬盘空间（在安装过程中需要额外的可用空间）。
- DV 和 HDV 编辑需要专用的 7200RPM 硬盘；HD 需要条带化的磁盘阵列存储空间（RAID 0）；最好是 SCSI 磁盘子系统。
- 显卡：1280×1024 显示器分辨率，32 位视频卡；Adobe 建议使用支持 GPU 加速回放的图形卡。
- 声卡：Microsoft DirectX 或 ASIO 兼容声卡。

- DVD-ROM 驱动器。
- 制作蓝光光盘需要蓝光刻录机。
- 制作 DVD 需要 DVD+/-R 刻录机。
- 如果 DV 和 HDV 要捕捉、导出到磁带，并传输到 DV 设备上，则需要 OHCI 兼容的 IEEE 1394 端口。
- 使用 QuickTime 功能需要 QuickTime 7 软件。

二、视频编辑的基本概念

在应用 Premiere Pro 进行视频编辑工作之前，我们首先来了解一些与其相关的概念。

1. 线性编辑与非线性编辑

线性编辑：指在指定设备上编辑视频时，每插入或删除一段视频就需要将该点以后的所有视频重新移动一次的编辑方法。该方法编辑视频耗费时间长，非常容易出现误操作。

非线性编辑：用户可以在任何时刻随机访问所有素材。本书将要讲解的 Premiere Pro CS3 就属于一种非常优秀的非线性视频编辑软件。

2. 帧和帧速率

当一些内容差别很小的静态画面以一定的速率在显示器上播放的时候，根据人的视觉暂留现象，人的眼睛会认为这些图像是连续的、不间断地运动着的。构成这种运动效果的每一幅静态画面叫做一"帧"。

帧是组成视频或动画的单个图像，是构成动画的最小单位。

帧/秒：也叫帧速率，是指每秒被捕获的帧数，或每秒播放的视频或动画序列的帧数。帧速率的大小决定了视频播放的平滑程度。帧速率越高，动画效果越平滑。

3. 视频制式

由于各个国家对电视和视频工业指定的标准不同，其制式也有一定的区别。现行的彩色电视制式主要有 3 种：NTSC、PAL 和 SECAM。各种制式的帧速率也各不相同。我们要制作视频就必须区分它们之间的区别。

（1）NTSC（正交平衡调幅制式）由美国全国电视标准委员会制定，分为 NTST-M 和 NTSC-N 等类型。该影像格式的帧速率为 29.97 帧/秒，主要被美国、加拿大等大部分西半球国家和日本、韩国采用。

（2）PAL（正交平衡调幅逐行倒相制式）分为 PAL-B、PAL-I、PAL-M、PAL-N、PAL-D 等类型，该影像格式的帧速率为 25 帧/秒。主要在英国、中国、澳大利亚、新西兰等地采用（中国采用的是 PAL-D 制式）。

（3）SECAM（顺序传送彩色信号与存储恢复彩色信号制式）也被称为轮换调频制式，该影像格式的帧速率为 25 帧/秒，主要在法国、东欧、中东及部分非洲国家被采用。

4. 数字视频格式

通过视频采集得到的数字视频文件往往会很大。通过特定的编码方式对其进行压缩，可以在尽可能保证影像质量的同时，有效地减小文件的大小。对数字视频进行压缩的方法有很多，常见的是 AVI 和 MPEG 格式。

（1）AVI 格式。这是一种专门为微软公司 Windows 环境设计的数字视频文件格式。优点是兼容性好、调用方便、图像质量好，缺点是占用存储空间大。

（2）MPEG 格式。

1）MPEG-1 标准的压缩算法被广泛应用于 VCD 及一些供网络下载的视频片段的制作上。它可以把一部 100 分钟长的非数字视频的电影压缩成 1GB 左右的数字视频。这种视频格式的文件扩展名包括.mpeg、.m1v、.mpe、.mpg 及 VCD 光盘中的.dat 文件等。

2）MPEG-2 标准的压缩算法应用在 DVD 制作上，制作出视频画质高但所生成的文件较大。相对于 MPEG-1 算法生成的文件要大 4～7 倍。这种视频格式的文件扩展名包括.mpeg、.m2v、.mpe、.mpg 及 DVD 光盘中的.vob 文件等。

3）MPEG-4 是一种新的压缩算法，所生成文件的大小约为 MPEG-1 算法生成的文件的 1/4。网络在线播放的文件很多都是使用此种算法的。

我们在使用 Premiere 进行视频编辑最终生成电影文件时，可以根据不同的需要来选择不同的压缩算法。

5．数字音频格式

数字音频是以数字信号的方式来记录声音的强弱。数字音频文件也有不同的音频格式。常见的音频格式有 WAV、MIDI、MP3、WMA、MP4、VQF 等。

（1）WAV 格式。微软公司开发的一种声音文件格式，Windows 平台及其应用程序都支持这种格式。几乎所有的音频编辑软件都识别 WAV 格式。

（2）MP3 格式。特点：文件小，音质好。

（3）MIDI 格式。又称为乐器数字接口，是数字音乐电子合成乐器的国际统一标准。

（4）WMA 格式。微软公司开发的用于网络音频领域的一种音频格式，适合在线播放。只要安装了 Windows 操作平台就可以直接播放 WMA 音乐。

6．其他概念

（1）剪辑：可以是一部电影或者视频项目中的原始素材，也可以是一段电影、一幅静止图像或者一段声音文件。

（2）剪辑序列：由多个剪辑组合成的复合剪辑。

（3）帧长宽比：表明在帧尺寸上它的宽度与高度比。通常有 4:3 和 16:9 两种。

（4）关键帧：一种特定帧。它在素材中被标记，用来进行特殊编辑或控制整个动画。

（5）时间码：用来确定视频长度及每一帧画面位置的特殊编码。现在国际上采用 SNPTE 时码来给每一帧视频图像编号。时间码的格式是"小时:分:秒:帧"。例如：时码为"00:02:15:20"表示视频当前的播放时间长度为 2 分钟 15 秒 20 帧。

（6）导入：将一组数据（素材）从一个程序引入另一个程序的过程。数据被导入到 Premiere 中后，源文件内容保持不变。

（7）导出：将数据转换为其他应用程序可以分享的格式的过程。

（8）转场效果：一个视频素材替换另一个视频素材的切换过程，也被称为场景过渡效果或场景切换效果。

（9）渲染：将处理过的信息组合成单个文件的过程。

1.2.2　任务实现

【制作要点】

● Premiere Pro CS3 中文版的启动。

- 新建项目初始设置。
- 项目的保存。
- Premiere Pro CS3 中文版的退出。
- 熟悉 Premiere Pro CS3 中文版的工作界面。

【操作步骤】

（1）在将 Premiere Pro CS3 软件安装完毕之后，要启动 Premiere Pro CS3，只需要单击屏幕左下方的"开始"按钮，然后选择"程序"→Adobe Premiere Pro CS3 命令。或在桌面上创建一个快捷图标，然后双击该图标打开 Premiere Pro CS3，如图 1-1 所示。

图 1-1　启动 Premiere Pro CS3

（2）启动 Premiere Pro CS3 后，即可出现 Premiere Pro CS3 的信息画面，如图 1-2 所示。

图 1-2　Adobe Premiere Pro CS3 信息画面

（3）显示信息画面后，屏幕进入到欢迎对话框，如图 1-3 所示。

在欢迎对话框中，有 4 种不同的功能："新建项目"、"打开项目"、"帮助"、"最近使用项目"。

：创建一个新的项目。

：打开一个在计算机上已经有的项目。

：打开软件的帮助系统。

最近使用项目：表示最近使用过的项目。

图 1-3　Adobe Premiere Pro CS3 的欢迎对话框

（4）单击"新建项目"，打开"新建项目"对话框，如图 1-4 所示。在该对话框的"加载预置"选项卡中有 NTSC、PAL 等多种项目文件类型，我们选择带有 PAL 的选项。此时在对话框的右侧有相关选项的描述及其常规默认的参数。

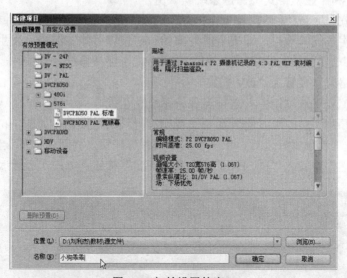

图 1-4　初始设置的窗口

注意：常规设置中，中国地区通常都设置为"帧速率：25.00 帧/秒"。

如果"加载预置"选项卡中没有我们需要的模式，可以在"自定义设置"选项卡中定义需要的参数。方法：单击"自定义设置"选项卡，如图 1-5 所示。

（5）在"自定义设置"选项卡中，需要进行如下设置：

- "常规"设置里有"编辑模式"和"时间基准"两项。通常国内摄像机都是 PAL 制式，因此"编辑模式"中选择 DV PAL 选项，"时间基准"设置为"25.00 帧/秒"。
- "视频"选项组中，"画幅大小"默认为"4:3"；"像素纵横比"默认为"D1/DV PAL（1.067）"。我们也可以将它调整为"D1/DV PAL 宽银幕 16:9"，调整后"画幅大小"默认值将变化为"16:9"。

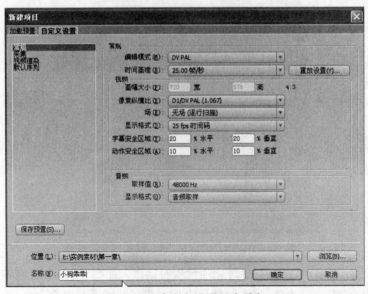

图 1-5　"自定义设置"选项卡

- "场"和"显示格式"保持系统默认值。
- "字幕安全区域"和"动作安全区域"的设置是为了保证视频文件在计算机上处理之后渲染生成同等效果，即安全区外部的一些设置可能在渲染后发生改变。
- "音频"选项组的"取样值"和"显示格式"保持系统默认值。
- "采集格式"设置为"DV 采集"。
- "视频渲染"选项组中各选项可保持系统默认值。
- "默认序列"中，可以设置需要的音频和视频轨道数量，如图 1-6 所示。

（6）所有选项都设置好之后，单击"保存预置"按钮。将新生成的设置的"名称"设定为"常用"，"描述"中输入"DV PAL"，单击"确定"按钮，如图 1-7 所示。

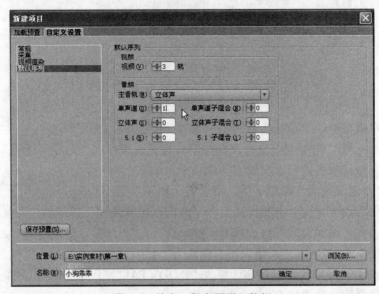

图 1-6　单击"保存预置"按钮

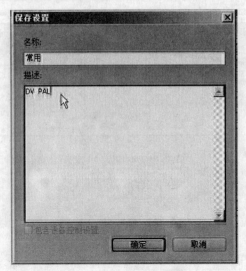

图 1-7　填写自定义名称

在"加载设置"选项卡中，刚刚自定义的"常用"模式即被显示出来，如图 1-8 所示。

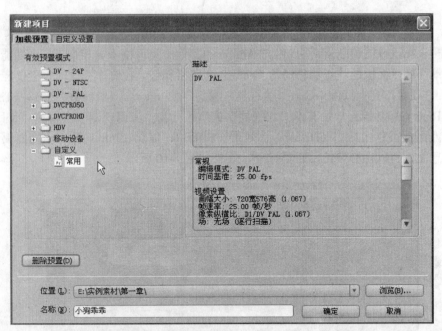

图 1-8　成功设置"自定义"中的"常用"模式

（7）在"新建项目"对话框中的"位置"文本框中输入文件将要存储的路径；在"名称"文本框中为该文件输入文件名。

（8）单击"确定"按钮，进入 Premiere Pro CS3 工作界面，如图 1-9 所示。

（9）如果想退出 Adobe Premiere Pro CS3，只需要单击工作界面右上角的关闭图标▣即可。

（10）在退出 Adobe Premiere Pro CS3 前，一定要先保存文件：

1）选择"文件"→"保存"命令。

2）使用 Ctrl+S 组合键。

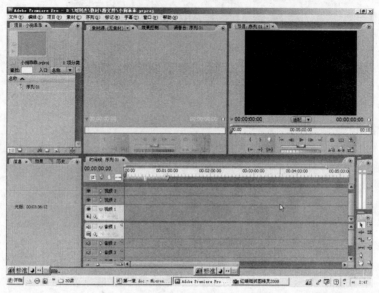

图 1-9　Premiere Pro CS3 工作界面

1.2.3　Adobe Premiere Pro CS3 工作界面

Premiere Pro CS3 的工作界面风格与 Adobe 的其他产品风格十分相似，各个功能面板都设计成了活动面板，面板的控制和移动与 Photoshop 风格相似。在制作视频时，主要应用的几个面板包括："项目"窗口（Project）、"监视器"窗口（Monitor）、"时间线"窗口（Timeline）、工具条（Tools）和功能面板。其中"监视器"窗口还分为"源监视器"窗口和"节目监视器"窗口。功能面板又包括历史（History）、效果（Effect）、信息（Info）等。功能面板中的历史面板和信息面板可以在必须使用时再打开，效果如图 1-10 所示。

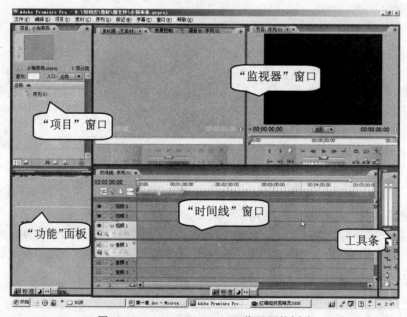

图 1-10　Premiere Pro CS3 工作界面的划分

我们在日后的操作中也可能会遇到这样的情况："时间线窗口"也被称为"时间轴窗口","节目监视器窗口"可以简称为"节目窗口"。

1.3　任务二：采集视频

1.3.1　相关知识

现在一般采用数码摄像机进行实地拍摄来采集视频素材。

1．拍摄前的准备

（1）检查电池电量。

（2）检查数码录像带是否备足。

（3）如果需要长时间拍摄，最好准备三角架。

（4）计划拍摄的主题，确定要拍摄的内容。

2．使用摄像机几点注意事项

（1）拍摄时避免镜头直对阳光以免损伤 CCD 板。

（2）拍摄完毕保存时一定要取出磁带卸下电池。

（3）保存时放置在干燥地方，避免机器受潮。

（4）尽量避免在雨天、雪天拍摄，如拍摄要妥善防护。

（5）避免在低温下长时间拍摄，防止机器老化。

（6）寒冷的冬天从室外进入室内机器容易结露，像人戴的眼镜一样。正确的方法是放在密封的塑料袋中，待机器与室内温度一致时再取出。

（7）定期清洗磁头，一般拍摄 30～50 小时后清洗一次，需要使用专用清洗带，清洗时不要超过十秒。

（8）镍铬电池充电时，一定要先把电使用干净后再充电，防止产生记忆效应，锂电池不在此列。

1.3.2　任务实现

【制作要点】

- 掌握摄像机的拍摄技巧。
- 掌握增强观赏效果的技巧。
- 将 DV 中视频素材传入计算机。

【操作步骤】

1．摄像机的拍摄技巧

（1）开始拍摄第一个镜头时应用广角方式。这样画面影像比较稳定，且不会因变焦出现模糊的现象，更容易让别人了解画面中的整体环境。接下来再拍摄主体，这样会更容易突出主体。

（2）在有需要时才变焦。过多使用变焦镜头会令观众难于了解画面，只有具备恰当理由时才使用变焦，并习惯在变焦前、后先定镜 5 秒。

（3）保持摄像机处于水平。这样拍摄出来的影像不会歪斜，尽量让画面在观影器内保持平衡。普通照片倾斜，可以将照片转回水平位置，但电视机播放的图像如有倾斜则无法观看。

（4）切勿在没有需要的情况下移动摄像机。许多初用者都习惯将摄像机过分移动，这样会使图像产生震动，严重时会令观众头昏眼花。而且这样耗电量大，也会减少拍摄时间。其实，定镜（镜头固定在某一位置镜头）是拍摄优秀录像的基础。

（5）拍摄另一镜头前，请先数 5 秒。如果 1 个镜头持续的时间太短，则图像看不明白，观看时疲劳；若拍摄同一主体时间太长，录像亦会流于呆滞和沉闷。所以，每个镜头勿拍太长或太短，5～10 秒是拍摄的理想长度。

（6）顺光拍摄：为使拍摄物体更清晰，应使拍摄物体处于充分的光线亮度下。逆光拍摄容易使人物脸部太暗，或阴影部分看不清楚。

2．增强观赏效果的技巧

（1）改变拍摄角度。即使拍摄同一物体，拍摄角度不同，图像形象则大有不同。拍摄角度大致分为 3 种：高方位、水平方位、低方位。

1）高方位。从高于拍摄物体的角度拍摄，使拍摄物体看起来比实物小，比实际位置远。

2）水平方位。与拍摄物体保持水平角度拍摄，拍摄出的效果好像肉眼看到的一样。

3）低方位。从低于拍摄物体的角度拍摄，使拍摄物体看起来比实物大，具有魅力。

（2）巧妙地移动摄像机，拍摄画面较长的物体。

1）摇镜头。在连续追踪拍摄宽、长、或运动的物体时使用。拍摄的技巧在于开始和结束时各连续拍摄 5 秒钟，以大约 10 秒钟内镜头缓慢地沿水平方向转动 90 度的速度进行拍摄。

2）俯摄。拍较高或上下移动的物体时采用的拍摄方法。拍摄方法与摇镜头一样。

（3）使用变焦，增添画面的逼真感。将远处的物体拉近，显示其魅力；或向拉近的镜头中加进周围的景色，表现扩展效果。有效地使用此功能，将使图像具有变化性。

（4）根据需要区分取景角度。通过改变取景角度，表现被拍摄物体的表情和动作。取景角度分为以下 4 种：

1）特写放大。将拍摄物体的极小一部分放大拍入画面中，表现其微妙的质感和细腻感。

2）人物肖像。画面以人物面部为中心，表现丰富的表情等。

3）上半身。将上半身拍入画面，表现上半身的动作等。

4）全体。整体拍入画面中，表现整体动作和周围的情景。

3．将 DV 中视频素材传入计算机

拍摄完毕后，我们可以通过摄像机回放拍摄的片段，也可以通过摄像机与电视的连线在电视上欣赏。但是，如果需要将所拍摄的片段进行编辑，就必须使用 IEEE 1394 接口将素材传输到计算机之中。

1.4　任务三：制作一个电子相册

1.4.1　相关知识

想制作出一份好的影视作品，制作者必须掌握有关节目编排的基本知识和基本技巧。在影视制作的过程中，新颖的创意和清晰的思路是成功的秘诀。

影视制作的过程通常包括 4 个部分：

前期准备 ⟹ 整理素材 ⟹ 编辑成影片 ⟹ 输出

（1）前期准备。也叫预制作，包括编写剧本、绘制故事板及为影片制作拍摄计划等。

（2）整理素材。所谓素材是指用户通过各种手段得到的未经过编辑的视频和音频文件。

（3）编辑成影片。使用 Premiere 软件将整理过的素材进行编辑，可以在其中加入字幕、特效、场景切换等效果。

（4）输出。将编辑好的内容渲染输出为指定格式的视频文件。

1.4.2　任务实现

下面将以制作"小狗乖乖"电子相册为例，介绍影视制作的流程。

【制作要点】

- 设计故事板。
- 新建文件。
- 导入素材。
- 编辑素材。
- 应用转场效果。
- 加入音频文件。

【操作步骤】

第一部分：设计故事板，新建文件。

本案例要制作一个关于小狗的电子相册，所以前期准备的过程是寻找或拍摄小狗的有趣照片的过程。我们将制作相册需要的图片归类输入计算机中，选择其中质量良好的图片标号，归类。设计各图片先后的出现顺序。

（1）启动 Premiere Pro CS3 应用程序，进入欢迎画面，如图 1-11 所示。

图 1-11　欢迎画面

（2）选择"新建项目"，打开"新建项目"对话框，如图 1-12 所示。

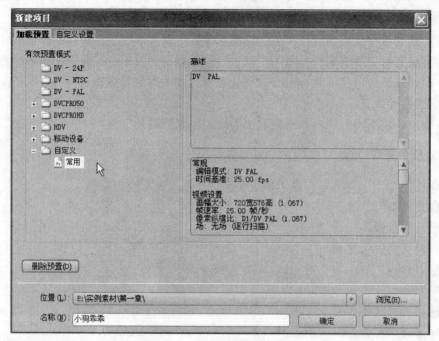

图 1-12　"新建项目"对话框

　　单击"加载预置"选项卡，选择前面任务一中设置的"常用"模式，然后输入文件需要存储的位置。如果想更改存储位置，单击"浏览"按钮。在"名称"文本框中输入"小狗乖乖"，如图 1-13 所示。

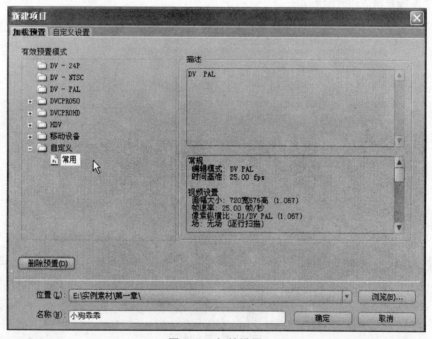

图 1-13　初始设置

　　（3）单击"确定"按钮，进入视频编辑模式窗口，如图 1-14 所示。

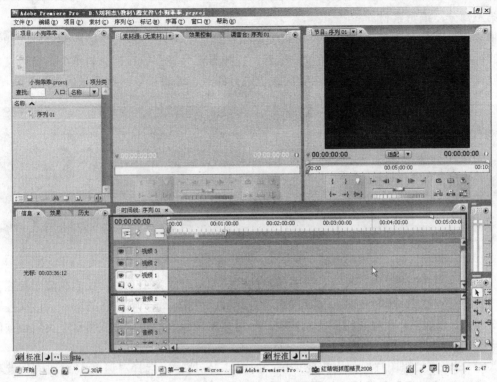

图 1-14　进入视频编辑模式窗口

第二部分：导入素材。

将所需要的素材添加到"项目"窗口中，是进行视频编辑的第一步工作。

（4）在"项目"窗口的空白处双击，打开"导入"对话框。将"光盘\实例素材\第一章\小狗乖乖"素材文件夹通过框选方式选取连续的文件，或使用"按住 Ctrl 键的同时单击选择多个不连续的文件"的方法，选择需要的小狗图片，如图 1-15 所示。

（5）单击"打开"按钮，将素材导入到当前的"项目"窗口中，如图 1-16 所示。

图 1-15　"导入"对话框

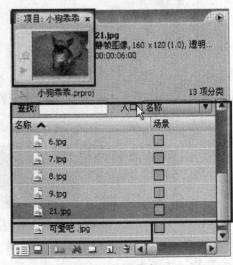

图 1-16　项目窗口

第三部分：编辑素材。

将素材导入到"项目"窗口后，可以使用鼠标拖放的方法，将素材拖放到"时间线"窗口中的视频 1 轨道里，如图 1-17 所示。注意：视频素材只能存放在视频轨道中，音频文件只能存放在音频轨道中。我们将素材在时间线上进行修改、编辑，以达到要求的效果。

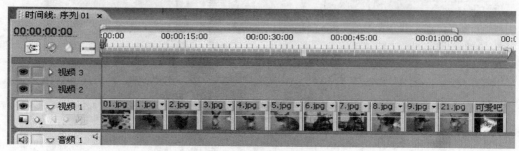

图 1-17　时间线窗口

在 Premiere Pro CS3 中，系统对静态图片的默认显示时间为 150 帧。我们在前面设置文件属性时曾经设置过 25 帧/秒的视频显示速度，由此可以得知，每一幅静态的图片应该在视频里显示 6 秒钟。很显然，在电子相册的制作中，一幅画面显示 6 秒实在是太慢了！我们必须修改每一幅图片的显示时间长度！

（6）右击每一幅图片，弹出快捷菜单，如图 1-18 所示。选择"速度/持续时间"选项，出现"速度/持续时间"对话框，如图 1-19 所示。将素材的"持续时间"更改为"3 秒"，或速度"200%"，单击"确定"按钮。

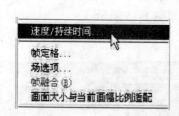

图 1-18　快捷菜单

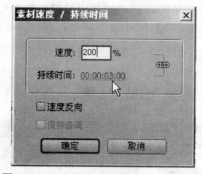

图 1-19　"素材速度/持续时间"对话框

操作后发现每幅图片在时间线上的显示长度都变小了，在图片之间出现空白，效果如图 1-20 所示。

图 1-20　缩短每幅图片显示时间后的视频轨道

（7）将各个图片中间因为更改显示时间而出现的空白部分删除，形成一个连贯的视频。

方法：逐个右击视频轨道中的空白处，出现快捷菜单"波纹删除"。单击"波纹删除"，空白处即被删除，如图 1-21 所示。

图 1-21　波纹删除

提示：在 Premiere Pro CS3 中，我们可以通过更改系统默认值的方式一劳永逸的调整静止图像显示时间长度。

方法：选择"编辑"→"参数"→"常规"命令。打开"参数"对话框，单击"常规"选项卡，将其中"静帧图像默认持续时间"设置为"75"帧，如图 1-22 所示。这样可以将该操作以后导入到"项目"窗口中的静态图片的显示时间都统一为 75 帧（设置前导入"项目"窗口中的静态图片的显示时间仍然默认为 6 秒，必须先将这些图片从"项目"窗口中删除，再将其重新导入"项目"窗口，图片的显示持续时间才会被更改为"3 秒"）。

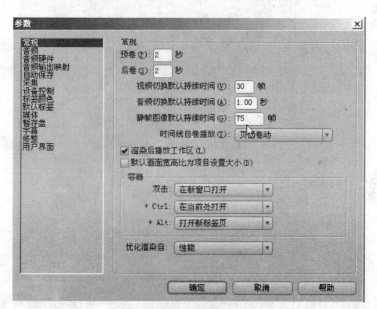

图 1-22　更改系统默认参数

第四部分：应用转场效果。

在编辑视频节目的过程中，使用视频转场效果能够使素材间的连接更加和谐、自然。

（8）在功能面板中选择"效果"面板，单击其中的"视频切换效果"文件夹前的三角形标记，将其展开，里面的所有子文件夹都是不同的转场效果的集合，如图 1-23 所示。

（9）展开"划像"场景切换效果文件夹，将其下属的任意一种场景切换效果使用鼠标拖动的方式拖放到时间线视频 1 中的两幅图片相临处。当出现"中"字形图标时，松开鼠标，该场景切换效果被成功的添加到两幅图片之间，效果如图 1-24 所示。

（10）使用同样的方法，将电子相册的每两幅图片之间都加入场景切换效果。

（11）单击"节目监视器"下方的播放按钮▶，预览电子相册的效果，如图 1-25 所示。

图 1-23　"效果"面板

图 1-24　加入场景切换效果

图 1-25　电子相册效果

【提高部分】

第五部分：音频文件的加入。

（12）双击"项目"窗口空白处，打开"导入"对话框。选择"光盘\实例素材\第一章\01.wma"音频文件，单击"打开"按钮，将素材导入到"项目"窗口之中。

（13）将"项目"窗口中的音频文件 01.wma 使用鼠标拖动的方法，拖拽到时间线上音频1 轨道中，如图 1-26 所示。

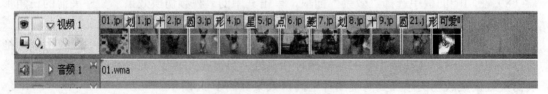

图 1-26　加入音频文件

（14）由于音频轨道内的素材播放时间比视频轨道素材播放时间长，在工具栏中单击剃刀工具，鼠标发生变形。将鼠标移动到音频轨道上，在其与视频轨道内容末尾的位置对齐、单击，音频文件被分割成为两部分，效果如图 1-27 所示。

图 1-27　将音频文件截断

（15）右击音频文件第二段，选择快捷菜单中的"清除"命令，多余的音频部分被删除。效果如图 1-28 所示。

图 1-28　将音频、视频文件时间长度统一

（16）再次在节目窗口中预览所生成的视频文件。此时，我们所做成的电子相册就真正"声文并茂"了。

（17）文件存盘：使用 Ctrl+S 组合键，或选择"文件"→"保存"命令。

注意：当编辑过程中出现误操作时，可以使用撤消操作快捷键（Ctrl+Z）来恢复。我们也可以使用功能面板中的"历史"面板来找回原始操作。

1.5　本章小结

本章学习了 Premiere 软件的常识和基本概念，包括 Premiere Pro CS3 系统要求、视频制式、数字视频和音频、线形和非线性编辑、视频编辑等常见术语，并且详细介绍了采集视频的方法和注意事项。这些内容是初学者必须要了解的。我们通过电子相册的制作这个案例来熟悉该软件中各个界面的使用，理解影视编辑的工作流程。

正所谓"巧妇难为无米之炊"。我们有必要在学习视频编辑技巧的同时，多动手实践，多摄录一些有用的素材视频。只有好的素材加上独特的设计思路，我们才能在视频编辑的工作中得到更多的成功。

1.6　课后练习

一、单选题

1．PAL 制式的视频帧速率是（　　）。

A．25　　　　　　　　B．29　　　　　　　　C．30　　　　　　　　D．20

2. 当今世界上主要使用的电视广播制式有（　　）种。
　　A. 2　　　　　　　　B. 3　　　　　　　　C. 4　　　　　　　　D. 5
3. 目前，我国通常使用的电视广播制式是（　　）。
　　A. NTSC　　　　　　B. PAL　　　　　　C. SECAM　　　　　D. AVI
4. 构成动画的最小单位为（　　）。
　　A. 秒　　　　　　　B. 分钟　　　　　　C. 帧　　　　　　　D. 段
5. 下面不属于视频格式的是（　　）。
　　A. AST　　　　　　B. AVI　　　　　　C. MP3　　　　　　D. MPEG
6. 下面不属于音频格式的是（　　）。
　　A. WAV　　　　　　B. WMA　　　　　C. DIVX

二、填空题

1. 目前常用的视频格式有_____、_____、_____。
2. 目前常用的音频格式有_____、_____、_____、_____、_____、_____。

三、拓展练习

1. 熟练使用 Premiere 窗口各项功能，并且将"小狗乖乖"电子相册继续完善。要求视频图像显示流畅，所配音乐优美动听。

2. 根据教师给出的素材，制作一个简单的"花卉"电子相册。

素材来源：光盘\实例素材\第一章\花卉。

要求：精益求精。

重点强调："花卉"文件夹中的图片导入到 Premiere 中后，由于图片较大，所以不能在节目监视器中完整显示。我们要在源监视器窗口中，单击"效果控制"选项卡。在其中"视频特效"的"运动"选项中，将"比例"设置为"33"。这样设置后，图片就可以在节目窗口中显示完整了，效果如图 1-29 所示。

用同样的方法将视频轨道中所有的图片的"比例"全都变小。

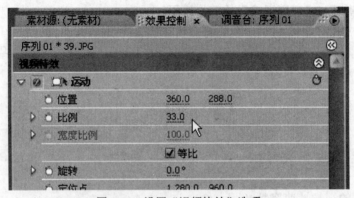

图 1-29　设置"视频特效"选项

"花卉"电子相册实例效果如图 1-30 所示。

图 1-30　"花卉"电子相册效果

习题答案

一、单选题

1. A　　2. B　　3. B　　4. C　　5. C　　6. C

二、填空题

1. ASF　AVI　MPEG

2. .WAV　.MP3　.MP4　.MIDI　.WMA　.VQF

第 2 章　影视制作操作基础

2.1　本章目的及任务

2.1.1　本章目的

- "项目"窗口的功能
- 如何将源素材导入到"时间线"窗口
- 关键帧的作用
- "效果控制"中各选项的设置
- 如何使静态的图像产生动态的效果
- 动态视频素材的使用
- 工具栏中常见工具的使用
- 改变系统默认环境参数的方法
- 影片预演方法
- 快速输出影片
- 影片格式转化

2.1.2　本章任务

本章包含如下三个任务：

- 任务一：让静止的图画动起来
- 任务二：美丽的海洋
- 任务三：输出影片"美丽的海洋"

2.2　任务一：让静止的图画动起来

2.2.1　相关知识

　　"项目"窗口的作用是在项目中引入原始素材，它可以对原始素材的片段进行组织、管理，并且可以用多种显示方式显示每个文件的缩图、名称、注释说明和标签等属性，如图 2-1 和图 2-2 所示。

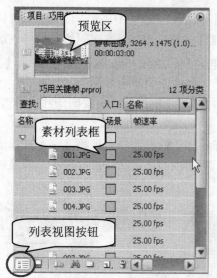

图 2-1　以"列表视图"方式显示的"项目"窗口　　图 2-2　以"图标"方式显示的"项目"窗口

2.2.2　任务实现

【任务描述】

本任务讲述了在视频制作中，如何通过关键帧的设置将已有的静态图像素材生成精彩的动态视频效果，效果如图 2-3 所示。

【制作要点】

● 显示比例的设定。

● 关键帧的设定。

● 运动轨迹的设定。

【实例效果】

图 2-3　效果图

【操作步骤】

第一部分：导入素材。

（1）从"光盘\实例素材\第二章\让静止的图画动起来"文件夹中挑选合适的图片，设计好图片显示的先后顺序记录在故事板上，作好视频制作的前期准备。本实例的素材导入顺序为001.jpg、002.jpg、003.jpg、004.jpg、005.jpg、006.jpg、007.jpg、009.jpg、010.jpg、011.jpg。

（2）启动 Premiere Pro 程序，新建一个项目"让静止的图画动起来"。

（3）双击"项目"窗口空白处，打开"导入"对话框。单击选择需要的图片，用"确定"按钮将它们导入"项目"窗口，如图 2-1 所示。

（4）双击"项目"窗口中的 001.jpg 图片文件名称（或者使用右击该文件，在弹出的快捷菜单中选择"在素材源监视器打开"命令，如图 2-4 所示），该文件内容将在"源监视器窗口"内显示，如图 2-5 所示。

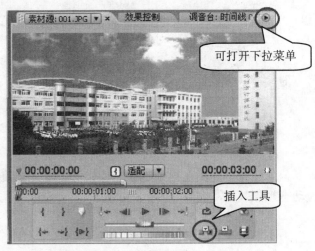

可打开下拉菜单

插入工具

图 2-4　快捷菜单　　　　　　　　　图 2-5　文件在源监视器窗口显示

注意："源监视器"窗口每次只能显示一个素材的内容。

Premiere Pro CS3 中提供了两种监视器模式：单显窗口模式和双显窗口模式，即工作区内打开一个或者是两个监视器窗口。在"单显窗口模式"下，可以通过单击窗口右上角的箭头打开下拉菜单来实现显示模式的转换。

（5）单击"源监视器"窗口下的工具栏中 （插入工具），源素材窗口内素材被加入到"时间轴"窗口中视频 1 轨道上。其起始时间为时间轴中红色"时间指示器"指示的原始位置处，如图 2-6 所示。而时间指示器自动向后移动至新加入视频尾部，如图 2-7 所示。

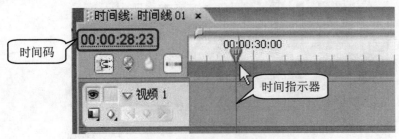

时间码

时间指示器

图 2-6　素材插入前

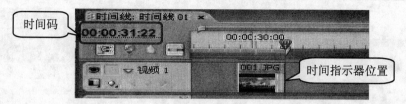

图 2-7　素材插入后

如果时间线上的素材显示比例很小，不容易被操作，我们可以放大素材的显示比例。在时间线窗口中有 3 个位置的工具可以达到这种效果，如图 2-8 所示。

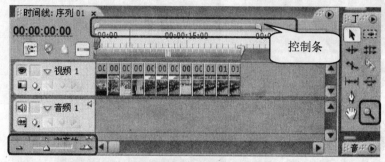

图 2-8　可以改变时间单位的显示比例的三个工具

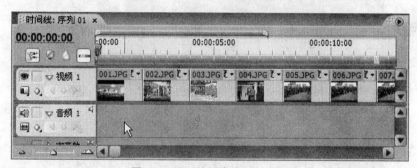

图 2-9　显示比例变大后的结果

① 将滑钮向左右两边移动可以控制时间轴显示比例的放大或缩小。

② 改变控制条长度可以控制时间轴显示比例的放大或缩小。

③工具栏中放大镜工具可以放大时间轴显示比例（Alt 与此工具结合使用为缩小时间轴显示比例）。

注意：素材播放时间长度不会因此操作而改变。

第二部分：改变素材显示比例。

（6）以单个素材为例，我们来学习改变素材显示尺寸的方法：

由于素材 004.jpg 较大，在节目窗口中呈不完整显示，如图 2-10 所示，因此需要对其尺寸进行修改。

方法：在时间线上双击选定的 004.jpg 素材，使之在两个监视器窗口中都有显示，然后在"源监视器"窗口单击"效果控制"选项卡，找到"视频特效"选项。单击"运动"选项左侧的展开按钮，将"缩放"设置为"27"，如图 2-11 所示。

图 2-10　显示不完整的画面

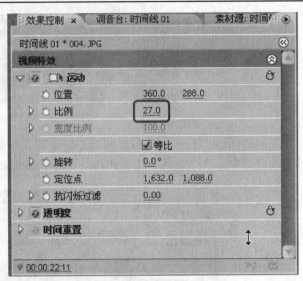

图 2-11　"效果控制"选项卡

这样，该图片就会在节目窗口中完整的显示了，如图 2-12 所示。

图 2-12　完整的显示画面

　　使用同样的方法将时间线上所有图片文件的显示比例都进行更改，使它们适合节目窗口的显示。

　　第三部分：使用关键帧设置运动轨迹生成"镜头平移"效果。

　　接下来学习增加关键帧创建动画的方法。在视频中创建关键帧的主要目的是生成动画，如果要生成随时间变化的动画至少要设置 2 个关键帧。

　　设置关键帧的具体步骤如下：

　　1）指定需要设置关键帧的素材。

　　2）固定设置关键帧的时间点。

3）改变参数在该时间点上的数值。

4）打开关键帧开关。

（7）在时间线上单击需要添加关键帧的图片 001.jpg，然后在"源监视器"窗口中单击"效果控制"选项卡，找到"视频特效"，如图 2-13 所示。

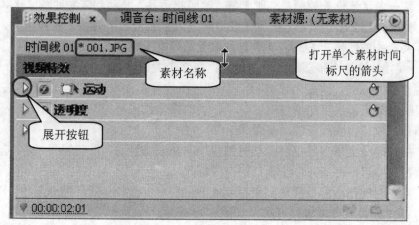

图 2-13　效果控制窗口

（8）单击"运动"选项左侧的展开按钮，我们看到"运动"中有"位置"、"比例"、"旋转"、"定位点"、"防闪烁过滤"等参数。我们还可以看见图 2-13 右上角标记处有一个箭头符号。单击该箭头，"效果控制"窗口右侧出现关于 001.jpg 单个素材的时间标尺，如图 2-14 所示。

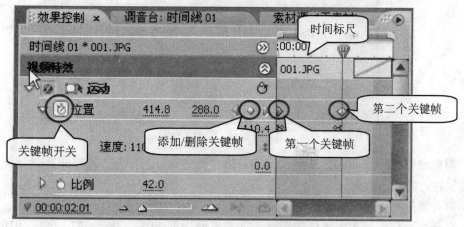

图 2-14　效果控制窗口的单个素材时间线

（9）设置第一个关键帧：将上图中时间轴上红线状的"时间指示器"移动到时间标尺的"00:00:00:00"处，确定加入第一个关键帧的具体时间。将"位置"的坐标参数输入为"640，288"，再单击"位置"左边的 关键帧开关。单击后将发现"时间指示器"的红线上多了一个菱形符号，这就是关键帧的符号，如图 2-14 所示。关键帧开关打开后，呈现 状态。

（10）设置第二个关键帧：将"时间指示器"移动到时间标尺的 00:00:02:01 处，将"位置"的坐标参数输入为"414.8，288"。我们发现"时间指示器"处又多了一个菱形关键帧符号，如图 2-14 所示。

　　注意： ⬚是设置关键帧的开关，它的作用是在当前"时间指示器"的位置上"从无到有"的"增加关键帧"，或者"从有到无"的彻底删除所有关键帧。当把 001.jpg 素材的"位置"选项关键帧开关打开之后，对 001.jpg 素材"位置"坐标参数的任何改变都会被计算机记录在案，既以关键帧的形式自动在"时间指示器"当时所在的位置上作以标记。所以初学者在设置关键帧的时候一定注意设置的顺序：即先将"时间指示器"移动到需要的位置上，再调节相应的参数。如果用户已经在不知不觉中为视频添加一大堆无用的关键帧导致错误时，最快捷的解决方法是再次单击关键帧开关 ⬚，删除已经设置的所有关键帧，从头再来。

　　（7）～（10）这 4 个步骤起到的作用是：在 2 个关键帧执行的时间范围内，图片 001.jpg 中心坐标由"640，288"改变为"414.8，288"，图片位置在水平方向上从右向左移动。在监视器中呈现的结果为镜头正在由左向右移动，类似摄像机水平拉动镜头的操作。

　　第四部分： 制作镜头拉近的动态效果。

　　（11）在时间线上单击要拉进镜头的图片 004.jpg，然后打开"效果控制"选项卡，找到"视频特效"选项组，并展开单个素材的时间标尺。

　　（12）将"时间指示器"移动到素材 004.jpg 的 00:00:09:19 处，把"运动"下的"缩放"参数设置为"27.2"，打开关键帧开关，如图 2-15 所示。

　　（13）同理，将"时间指示器"移动到 00:00:11:16 处，把"缩放"参数调整为"36"，系统自动添加第二个关键帧符号。

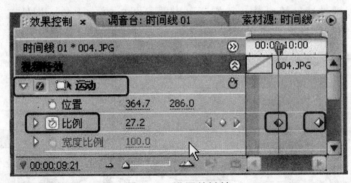

图 2-15　设置关键帧

　　观察结果，在 00:00:09:19 到 00:00:11:16 之间的这段时间里，004.jpg 图片比例被放大，形成镜头拉近的动态效果。

　　第五部分： 使用场景切换使相似的画面产生动态效果。

　　对于画面相似、内容连续的图片，如本案例中的 005、006、007、009、010、011 六幅图片，可以使用缩短每幅图片显示时间和增加"叠化"场景切换效果的方法，使图像产生动态效果。

　　（14）在时间轴窗口中，将鼠标靠近 005.jpg 素材。当鼠标移动到素材 005.jpg 的头部和尾部时，鼠标会变形为"["和"]"。这时，使用鼠标拖动的方法拖拽素材的前、后边缘线，素材的显示长度会发生改变。使用这种办法将 005、006、007、009、010、011 图片的显示长度都缩短为 1 秒钟 10 帧左右。

　　注意： 这种操作方法仅适用于将静态素材改变显示时间长度。对于动态视频，这种方法会改变素材的切入点和切出点，既素材内容会发生更改，需慎重使用。

（15）在"效果"面板中，找到"视频切换效果"文件夹，展开"叠化"文件夹，如图 2-16 所示。使用鼠标拖动的方式将"叠化"场景切换效果拖放到时间线视频 1 中的 005、006、007、009、010、011 六幅图片中的每两幅图片相接处，当出现"中"字形图标时，松开鼠标（在 Premiere Pro 软件的其他版本中，"叠化"效果也被叫做"淡入淡出"效果，或"Cross Dissolve"效果。这种效果是 PR 软件中默认的场景切换效果）。

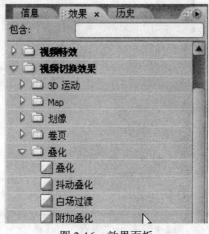

图 2-16　效果面板

观察添加场景切换效果后的整个视频，我们会看见原本静止的图像变得极具动感。

2.3　任务二：美丽的海洋

2.3.1　相关知识

1．动态视频素材的基本编辑

前面我们已经学习了编辑静态素材的操作方法。对于动态素材来说，它们的使用方法与编辑静态素材的方法是基本相同的。

动态素材导入到"项目"窗口的方法共有以下 3 种：

（1）选择"文件"→"导入"，打开"导入"对话框，如图 2-17 所示。

（2）使用快捷键 Ctrl+I，直接打开"导入"对话框。

（3）双击"项目"窗口空白处，打开"导入"对话框。

我们可以在"导入"对话框中选定单个文件，并通过"打开"按钮将文件导入到"项目"窗口中；也可以通过框选的方式同时导入许多文件。如果我们需要导入的是一个文件夹，则可以先在"导入"对话框中单击选中该文件夹，再单击"导入文件夹"按钮。这种方法可以轻松地将整个文件夹中所有文件一次性全部导入到"项目"窗口中。

2．源素材的切入、切出

主要指在"源监视器"窗口中粗略的裁剪源素材，把需要的部分保留下来，然后发送到"时间线"窗口中。

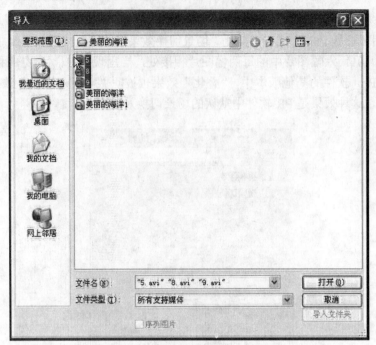

图 2-17　打开"导入"对话框

关于使用源素材切入、切出的功能，要重点注意"源监视器"窗口中 9 个按钮的使用：

- ![入点设置按钮]：入点设置按钮。
- ![出点设置按钮]：出点设置按钮。

删除已经设置的入点、出点方法：Alt+![按钮]或 Alt+![按钮]。

- ![播放按钮]：播放按钮。
- ![播放入点和出点之间素材的按钮]：播放入点和出点之间素材的按钮。
- ![插入按钮]：插入按钮。
- ![覆盖按钮]：覆盖按钮。
- ![缩放工具]：缩放工具，用来缩放时间轴窗口时间显示分度。
- ![滑块工具]：单击两侧的小三角符号可以缩小或放大时间轴中的内容，功能同 ![缩放]相似。
- ![滑块飞梭]：滑块（飞梭），精确调整时间指示器位置。

3. 将素材从"项目"窗口导入到"源监视器"窗口中

将素材从"项目"窗口导入到"源监视器"窗口中的方法如下：

（1）双击"项目"窗口中素材名称。

（2）右击"项目"窗口中素材，在快捷菜单中选择"在源监视器打开"命令。

2.3.2　任务实现

【任务描述】

本案例是将 5.avi、9.avi、8.avi 三段视频完美剪辑，连为一体无间断的播放，做出类似电视中"动物世界"的视频效果，如图 2-18 所示。

【制作要点】

- 动态素材的导入。
- 切入、切出功能使用。
- 删除"项目"窗口中的素材、"时间轴"窗口中素材的方法。
- 单轨道无缝连接、多轨道无缝连接。
- 工具栏的使用。

【实例效果】

图 2-18 效果图

【操作步骤】

第一部分：动态视频素材的导入。

（1）启动 Premiere Pro 程序，新建项目"美丽的海洋"。

（2）双击"项目"窗口空白处，打开"导入"对话框。选择"光盘\实例素材\第二章\美丽的海洋"文件夹下 5.avi、8.avi、9.avi 三个素材，单击"打开"按钮确认。此时，素材名称出现在"项目"窗口中，但"源素材监视器"中没有图像显示。

第二部分：将素材从"源素材"窗口导入到时间线上（源素材的切入与切出）。

（3）双击"项目"窗口中 8.avi，使之在"源监视器"窗口中显示，如图 2-19 所示。

图 2-19 素材导入到源监视器中

（4）在"源监视器"窗口中单击"播放"按钮▶，此时视频素材便会在监视器窗口中播放。当时间指示器移动到 00:00:00:20 时，单击"切入"按钮，设定视频剪辑的开始点，如图 2-20 所示。从图中可以看出，插入切入点后，切点后面的时间轴呈深色显示。

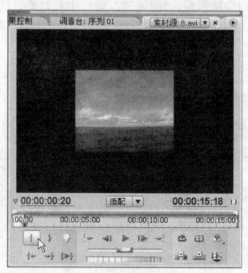

图 2-20　设置切入点

（5）继续播放文件。待源视频文件播放至需要设定结束的位置 00:00:07:01 时，用户可以单击"切出"按钮，以此设定视频剪辑的结束点，如图 2-21 所示。从图中可以看出，选取的视频剪辑入点和出点之间，时间轴呈深色显示，其余部分呈浅色显示。

图 2-21　设置切出点

（6）用户如需对选取的剪辑素材进行播放，则需单击"切入至切出播放"按钮。
（7）单击"源素材监视器"窗口中的插入按钮，系统就会将切入至切出段的视频素材插入到时间轴视频 1 中"时间指示器"所处的位置，如图 2-22 所示。

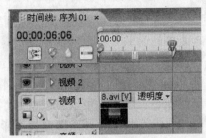

图 2-22　将切入、切出点之间素材导入到时间轴上

注意： 由于导入的文件包含视频和音频，因此素材分别占据着视频和音频两个轨道。用户也许会觉得由于导入的素材持续时间很短，在时间轴上所占的长度短而不方便对其进行编辑，因此需要将时间的分度变小，变相地延长素材在时间轴上的显示长度，我们可以选择使用工具栏上的按钮 缩放工具，或者使用时间轴上的 都可以实现放大窗口的时间单位。

（8）通过移动“时间指示器”，我们看到刚刚放到时间轴上的素材显示在“节目监视器”窗口里，如图 2-23 所示。它的显示尺寸很小，不能覆盖到整个窗口。

图 2-23　　“节目监视器”窗口

（9）调整视频显示比例：单击时间轴上的 8.avi 视频，打开“源监视器”窗口的“效果控制”选项卡。在“视频特效”选项组的“运动”选项中，找到“比例”，将其后面的参数更改为“221”，如图 2-24 所示，改变参数后的效果如图 2-25 所示。

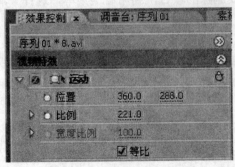

图 2-24　改变显示比例

图 2-25　扩大缩放比例后的显示效果

从图 2-23 和图 2-25 的区别中，我们可以明显观察到"比例"设置的作用。

注意：在此操作中，我们只是单纯的放大视频的显示比例，使视频内容充满监视器窗口，而不需要其他的"动画效果"，所以不用在"缩放"的选项上设立关键帧。

（10）选择🔍工具按钮，将鼠标移动到时间轴上的视频剪辑上并单击，素材显示长度将会放大为原来的 2 倍（如果用户要缩小长度，则可以在按住 Alt 键的同时单击🔍按钮）。

（11）此时在时间轴上的视频剪辑片段只有开始部分显示影像。如果需要改变显示模式，可以单击时间轴上"设置显示模式"按钮▣，弹出下拉菜单，选择其中的"显示全部帧"，此时的时间轴上的视频剪辑片段呈胶片显示样式，如图 2-26 和图 2-27 所示。

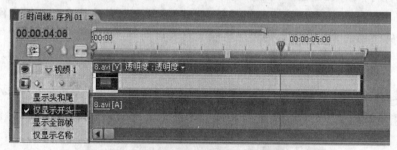

图 2-26　"设置显示模式"下拉菜单

图 2-27　素材呈胶片显示样式

小窍门：当素材不需要切入切出设置时，可以用鼠标在"项目"窗口中按住需要导入的项目，直接将其拖动到"时间线"窗口中即可。

第三部分：删除剧本中的一段素材。

删除素材分以下 3 种不同的情况：

1）删除"项目"窗口中的素材。单击选中要删除的项目，利用右键菜单，选择"清除"命令；或者按 Del 键删除；或者利用"项目窗口"工具栏中🗑按钮删除。

如果有误操作，可以打开"历史"功能面板将其中保留的用户最近操作的步骤找回。

2）删除时间线上的素材。单击工具栏内🔪剃刀工具，将变形后的鼠标在时间轴上视频剪辑中需要切割的位置单击，视频文件被分割成为两段。使用工具栏内▶选择工具，选定要删除的视频片段，按 Del 键或鼠标右键菜单"清除"命令，即可轻松的完成删除操作。

缺点：此种删除后视频会出现断档，视频间有缝隙，如图 2-29 所示。

如果用户在删除时使用鼠标右键菜单中选择"波纹删除"命令，删除后的素材间就没缝隙，如图 2-30 所示。

　　3）删除"项目"窗口中从未使用过的素材。选择"项目"→"项目管理"命令，打开"项目管理"对话框，选中"排除未使用素材"复选框，然后单击"确定"按钮，如图 2-28 所示。

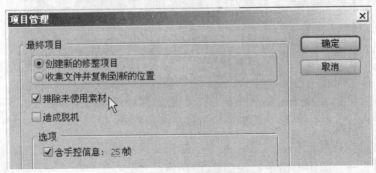

图 2-28　项目管理对话框

　　（12）使用鼠标拖动的方式将 5.avi、9.avi 拖放在时间线视频 1 中 8.avi 的后面紧密相连。将"视频 1"中的 5.avi 片段在 00:00:09:02 处用剃刀工具截为两段，然后将分割后的第一段视频选中，使用 Del 键删除，效果如图 2-29 所示。

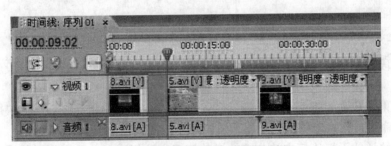

图 2-29　删除时间线上的一段视频

　　第四部分：无缝连接。

　　（13）将 8.avi、5.avi、9.avi 三个素材全都放入时间线视频 1 轨道上，并且调整每段视频的显示比例，使它们都能在节目窗口中全屏播放。查看时间轴，从图 2-29 中我们能看到三个视频中有一段空白。

　　（14）鼠标拖动素材 5.avi 到 8.avi 视频的尾部，当在其间出现一条"黑竖线"时，即表明视频中间已无空隙。释放鼠标，同一轨道中两段视频实现无缝连接。用同样的方法将第三个视频 9.avi 无缝连接到 5.avi 视频的尾部，如图 2-30 所示。

图 2-30　无缝连接的三段视频

（15）此时的三段视频依旧是独立的，接下来将其连接为整体。按住 Shift 键的同时连续单击三段视频 8.avi、5.avi、9.avi，此时三段视频呈选定状态，如图 2-31 所示。

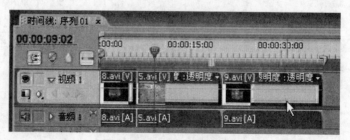

图 2-31　同时选定三段视频

（16）右击选定视频的任意位置，在弹出的快捷菜单中选择"编组"命令，或者在菜单栏上选择"素材"→"编组"命令，如图 2-32 所示。

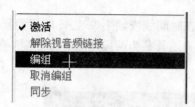　　　　　

图 2-32　菜单中的"编组"命令　　　　　图 2-33　菜单中的"取消编组"命令

（17）三段视频便被连成一体，此后用户只需单击三段视频中的任意一段就可以同时选定三段视频。

（18）如果用户需要将此视频分段处理，则只需右击此视频，在弹出的快捷菜单中选择"取消编组"命令，就可以将它们还原为三段独立的视频，如图 2-33 所示。

（19）多轨道的无缝连接方法与单轨道的连接方法相同，并且也可以使用"编组"命令进行组合效果，如图 2-34 所示。

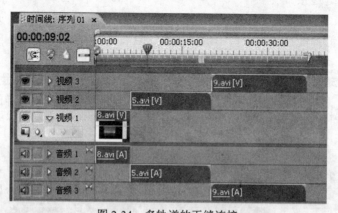

图 2-34　多轨道的无缝连接

总结：通过上述方法，我们可以把三段、甚至更多段视频连接成为一个整体。只需要将视频在需要的位置上用"剃刀"工具截开，删除不要的视频段落，再将剩下的部分无缝连接在一起，一个新的视频故事就生成了。

2.4　任务三：输出影片"美丽的海洋"

2.4.1　相关知识

视频制作中，我们对工具使用的熟练程度将会影响影片制作的速度和质量。在完成基本的视频编辑以后，如何保存和输出影片及输出何种格式的影片也是我们所面临的最实际的问题。

渲染输出是指把编辑好的影片用专门的格式存储到硬盘或光盘中。前一章节中提到过，最常见的视频格式是.AVI 和.MPEG 格式。在实际的操作中，也可以将生成的影片存储为.FLV 等格式。

2.4.2　任务实现

【任务描述】

本案例将介绍如何将已经编辑好的视频文件渲染输出成一个完整的视频文件，可以在多种播放器中播放。

【制作要点】

- 将视频文件编辑成为连续的影像文件，预演编辑。
- 将音频文件添加到音频轨道上。
- 选择输出影像的文件类型，实现视频格式的快速转化。

【实例效果】

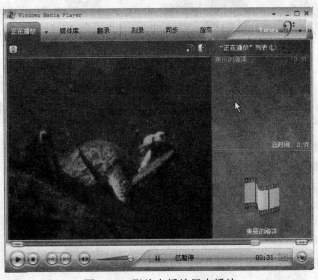

图 2-35　影片在播放器中播放

【操作步骤】

1. 预演编辑

通常需要"预演"编辑好的视频来检测编辑效果。编辑的结果通常是在节目窗口中播放的，但是在 Premiere Pro 中有 3 个位置的操作可以控制视频的预演的快慢。我们可以使用下面任意一种方法来预览任务二中编辑成的"美丽的海洋"视频的效果。检查视频编辑是否满意，随时更改。

（1）使用"节目监视器"窗口中的播放按钮▶控制预演。

（2）将鼠标放在"时间线"窗口的时间显示区，当光标变成小手的形状时，单击并向左右拖动鼠标可以控制预演，如图 2-36 所示。

（3）使用鼠标拖动"时间线"窗口中的"时间指示器"控制预演。

图 2-36　时间指示区

2．改变音频轨道的内容

由于原素材中三段视频都带有各自不同的音频文件，如图 2-37 所示。如果简单地将视频文件连接，而不对音频文件进行处理，这样生成的视频在音频效果上是混乱的。我们可以尝试将 3 段视频文件中原有的音频去掉，另外加入新的音频，这样生成的文件会更加生动。

图 2-37　不连续的音频文件

通常情况下，一个文件的视频和音频内容是互相关联的，即无法单独删除文件的视频部分或者音频部分。如果我们希望能够只留下文件的视频或音频，则需要先解除文件音频和视频的链接。具体方法如下：

（1）右击希望解除链接的视频文件。

（2）在弹出的快捷菜单中选择"解除视音频链接"命令，如图 2-38 所示。

图 2-38　快捷菜单

查看结果：文件的音频部分可以被单独选择，效果如图 2-39 所示。

图 2-39　被单独选中的 5.avi 音频文件

右击需要删除的音频部分，选择快捷菜单中的"清除"命令。结果，5.avi 文件只留下视频部分，如图 2-40 所示。将 8.avi 和 9.avi 的音频部分也进行删除。再在时间轴窗口中重新加入新的音频文件。当然，如果不加入音频文件也可以。

图 2-40　只留下视频部分的 5.avi 文件

3. 导出影片

我们进行视频编辑的最终目的是能够将编辑好的剪辑合成，输出成大家都可以观看的影片。想要完成这项工作需要 3 个过程：

（1）常规参数设置。

（2）视频参数设置。

（3）导出格式设定。

操作方法：

1）单击选定时间线上的任何一个素材，选择"文件"→"输出"→"影片（Ctrl+M）"命令，弹出"导出影片"对话框，效果如图 2-41 所示。在对话框中输入影片将要保存的路径和影片的名字"美丽的海洋 1"。

图 2-41　"导出影片"对话框

2）单击"设置"按钮，设置常规参数和视频参数，如图 2-42 和图 2-43 所示。

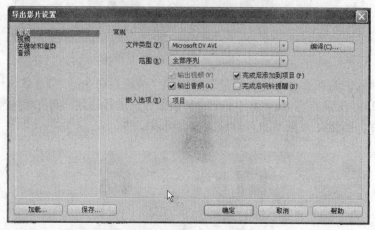

图 2-42　"常规"参数设置

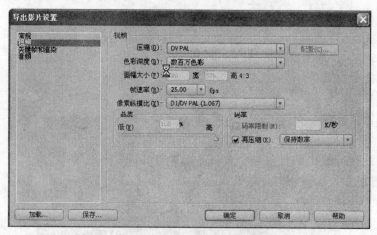

图 2-43　"视频"参数设置

"常规"参数设置如下：

- 静态图片文件类型选择：Microsoft AVI。
- 动态图片文件类型选择：Animated GIF　（使用于网络传播）。
- 范围：全部序列。其中可以根据需要来选择"输出音频"复选框。
- 其余选项保持默认设置。

"视频"参数设置如下：

- 压缩方式：DV PAL。
- "屏幕大小"、"帧速率"、"屏幕宽高比"通常都是在创建项目之前就设立好的，我们不必更改。

3）返回"导出影片"对话框。此时，"文件名"文本框的文件名后多了一个后缀名.avi，即刚才的设置已经生效。

4）单击"保存"按钮，弹出"渲染"对话框，其中显示了渲染进度和剩余时间，效果如图 2-44 所示。

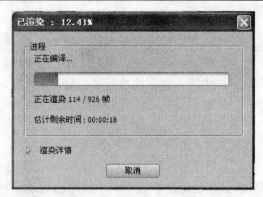

图 2-44　"渲染"对话框

5）渲染后的文件可以直接观看。

4. 实现视频格式的快速转化

我们发现通过上面的实验得到的视频文件非常大，完全可以通过"格式转化"的方式来形成一个占用磁盘空间小很多的视频文件。

（1）选择"文件"→"导出"→Adobe Media Encoder 命令，弹出"转化格式设置"对话框，如图 2-45 所示。

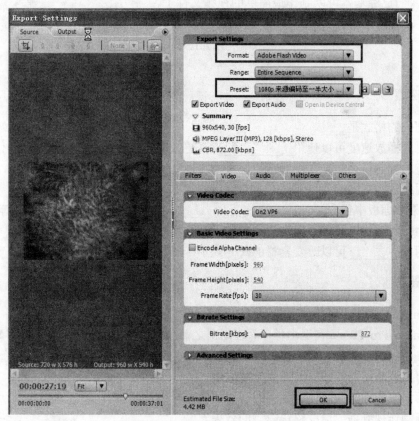

图 2-45　"转化格式设置"对话框

（2）在 Format 格式下拉列表中，根据需要选择 MPEG1-VCD，或者 Adobe Flash Video

不同的压缩方法。

（3）在 Preset 预设置中，可以根据情况选择 NTSC 或 PAL 标准。

（4）设置完毕后，单击 OK 按钮，进入到"保存文件"对话框。

（5）在"保存文件"对话框中输入保存的路径和名称，确定后，计算机开始渲染。

我们可以比较一下在格式转换前后生成的不同视频的大小。

2.5　本章小结

在视频制作中，我们可以借助已有的静态素材生成精彩的动态视频效果。小小的关键帧使用起来似乎很简单，但它的确能创造出奇迹。动态视频素材和静态素材在编辑方法上基本相同。我们对工具熟练使用的程度将会影响影片制作的速度和质量。在完成基本的视频编辑以后，如何输出影片及输出何种格式的影片也是我们所面临的最实际的问题。

针对上述问题，本章学习了"项目"窗口的功能、如何将源素材切入到"时间线"窗口、关键帧的作用、"效果控制"中选项的设置等内容。通过三个任务解决了如何使静态的图像产生动态的效果、动态视频素材的使用、工具栏中常见工具的使用、改变系统默认环境参数的方法、影片预演方法、快速输出影片、影片格式转化等视频编辑中的常见问题。通过这些知识的学习，现在我们已经基本可以制作最简单的视频文件了。

2.6　课后练习

一、填空题

1. 时间码的格式是_____。

2. 素材的播放速度可以使用_____工具更改。

3. 所有的视频转换效果和视频特效都集中在_____窗口中。

4. 使用缩放工具 时，按下_____键可以在放大和缩小模式中切换。

5. "效果"面板中包含_____、_____、_____、_____等内容。

6. 使用_____可以为静态的图片增加动态的效果。

7. 使用_____可以改变素材的尺寸大小。

二、简答题

1. Premiere Pro CS3 启动有哪几种方法？

2. Premiere Pro CS3 如何退出程序？在退出之前应该如何保存已经存在的项目？快捷键是什么？

3. 如何更改系统默认的静态图像持续时间？

4. 如何快速删除时间线上的无用的视频片段或空白片段？

5. 如何制作视频播放速度忽快忽慢的效果？

6. 制作"蝴蝶在草地上不规则地飞"的效果应该在什么位置设置蝴蝶的哪些参数？

三、拓展练习

1．完善"让静止的图画动起来！"这个实验项目，熟练掌握关键帧的设置方法。要求：不但让每幅画都在动，而且都要动得优美流畅！

2．完善"美丽的海洋"这个实验项目，熟练掌握素材切入、切出点设置的方法。熟练使用各种工具。要求：故事内容连贯流畅！影像运动显示流畅！

3．根据教师所给出素材，制作"美丽的沈阳视频"场景。可以对视频内容进行有效地删减、重复，最终形成一个连贯的视频文件，并将视频渲染导出，效果如图 2-46 所示。

素材来源：光盘\实例素材\第二章\美丽的沈阳视频。

图 2-46　"美丽的沈阳"效果

4．根据教师所给出的素材，制作一个"落英缤纷"的场景，最终效果如图 2-47 所示。

素材来源：光盘\实例素材\第二章\落英缤纷。

图 2-47　"落英缤纷"效果

拓展特别提示 1：

● 本案例需要使用 3 个不同的视频轨道，背景图片占用视频 1 轨道，两片树叶分别占用视频 2 和视频 3 轨道。多个视频轨道中，上面的视频轨道内容会对下面的视频轨道中的内容有遮盖效果。体现在本例中就是两片树叶经过的地方，果树的图像会被遮住。

- 不同的视频轨道内素材开始和结束时间可以各不相同。
- 为使果树图片完整显示，素材显示的比例要更改为"33"；树叶的显示比例也要按需调整才不会显得突兀。
- 为达到树叶飘落的效果，要在树叶素材的"效果控制"选项卡中"运动"的"位置"和"旋转"参数进行关键帧的设置。
- 合理使用 工具，锁定相应轨道内容不被误更改。轨道被锁定之后，会显示为斜线填充的形式如图 2-48 所示。

图 2-48　锁定轨道

注意：同 Photoshop 中一样， 工具可以使某一轨道的内容隐藏起来，不在监视器中显示。

拓展特别提示 2：

使用"键控"视频特效来将树叶边缘的白色部分去掉的方法：

（1）在"效果"面板中选择"视频特效"文件夹，展开它左侧的三角形标记，可以看见里面有很多种特效。移动下拉滚动条，找到"键"文件夹下的"颜色键"效果选项，如图 2-49 和图 2-50 所示。

图 2-49　"效果"面板

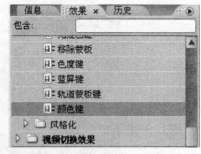

图 2-50　"颜色键"效果选项

（2）使用鼠标拖动的方式将"颜色键"效果拖拽到视频 2 中"树叶"素材上，松开鼠标。

（3）双击视频 2 中"树叶"素材，在"效果控制"选项卡中可以查看到，"颜色键"特效已经加入，如图 2-51 所示。

（4）展开"颜色键"特效，可看见其中有 4 个不同的选项。单击 吸管工具，将变形后的鼠标单击节目监视器中"树叶"图片周围的白色区域，再将"色彩宽容度"设置为"32"。此时，我们可以看见树叶周围原本存在的白色边缘变得透明了，效果如图 2-52 和图 2-53 所示。

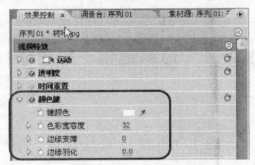

图 2-51　加入"颜色键"特效

图 2-52　带有白边的树叶

图 2-53　加入键控效果后的树叶

　　总结：本拓展练习有一定的难度，尤其是对于"树叶"素材的"位置"和"旋转"关键帧的设置更需要反复操作才能达到完美的效果。学员不必急于求成，可以慢慢操作，反复试验，直到能熟练掌握关键帧设置的方法为止。

习题答案

一、填空题

1．小时:分钟:秒:帧
2．比例缩放工具
3．效果
4．Alt
5．音频特效　音频切换效果　视频特效　视频切换效果
6．添加关键帧
7．"效果控制"选项卡的"运动"中"比例"参数的设置

二、简答题

1．①选择"开始"→"程序"→Premiere Pro CS3 命令；②双击桌面上快捷图标。
2．使用关闭按钮✕退出程序，按 Ctrl+S 组合键保存项目。
3．可以使用比例缩放工具更改素材播放时间。
4．右击，选择"波纹删除"命令。
5．使用比例缩放工具更改素材播放时间（速度）。
6．在"效果控制"选项卡中"运动"下的"位置"设置多个关键帧。

第 3 章　视频编辑之场景切换

3.1　本章目的及任务

3.1.1　本章目的

- 3D 运动场景切换效果
- MAP 场景切换效果
- 划像场景切换效果
- 卷页场景切换效果
- 叠化场景切换效果
- 拉伸场景切换效果
- 擦除场景切换效果
- 滑动场景切换效果
- 特殊效果场景切换效果
- 缩放场景切换效果

3.1.2　本章任务

本章包括如下三个任务：
- 任务一：电子相册"小公主"
- 任务二：电子相册"风景怡人"
- 任务三：电子相册"美丽的沈阳"

3.2　任务一：电子相册"小公主"

3.2.1　相关知识

场景切换效果也叫做视频切换效果，或视频过渡效果、转场效果。它是指当一段视频结束的同时另一段视频紧接着开始使用的效果。电影中我们常说的镜头切换也是这个意思。为了使切换衔接自然或更加有趣，使用 Premiere Pro CS3 中提供的各种场景切换效果可以制作出一些令人赏心悦目的视频，极大地增强了影视作品的艺术感染力。

在场景切换效果系列讲座中，重点要学习以下内容：
- 如何使用场景切换效果。
- 场景切换效果的类型。
- 利用场景切换效果制作电子相册。

注意：本章为呼应汉化软件，将大面积使用"场景切换效果"或"视频切换效果"的字样。读者需要明白"场景切换效果"、"视频切换效果"、"视频过渡效果"、"转场效果"之间的等价关系。

在视频文件中使用场景切换效果工作流程如下：

（1）将素材拖放到时间线面板中，排好顺序，无缝连接。

（2）从"效果"面板里找到"视频切换效果"文件夹，把选中的场景切换效果使用鼠标拖动的方法拖放到"时间线"窗口中要加入的素材之间。

（3）改变视频场景切换选项内参数的设置。

3.2.2　任务实现

【任务描述】

使用视频转换中的"划像"场景切换效果、"3D"运动场景切换效果、"叠化"场景切换效果，制作一个生动连贯的电子相册，如图 3-1 所示。

【制作要点】

● 场景切换效果的选择。

● 场景切换参数的设置。

● "效果控制"中"运动"属性关键帧的设置。

● 颜色键控的方法。

● 添加和删除视频/音频轨道数量的方法。

● 蓝屏键控的方法。

● 个人审美。

【实例效果】

图 3-1　"小公主"实例效果

【操作步骤】

设计思路：

（1）在视频中，顺序显示宝宝照片，相同服装的照片排列在一起。

（2）将相册中每一幅图片的显示比例参数进行设置，使之刚好可以完全显示。

（3）在图片之间加入相应的场景切换效果。

（4）电子相册开始处添加一个环形显示区，用来突出画面的可爱。

（5）在整个视频中添加蝴蝶纷飞的画面，使得相册更加生动活泼。

第一部分：导入素材。

（1）启动 Premiere Pro 程序，新建一个项目"小公主"，打开工作窗口。

（2）选择"编辑"→"参数"→"常规"命令，弹出"参数"对话框。将"静帧图像默认持续时间"修改为"75 帧"，如图 3-2 所示。从此导入到项目窗口中的静态素材的显示时间就自动显示为 75 帧的时间长度了。

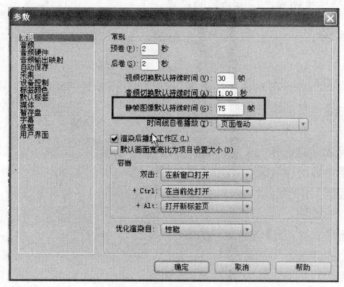

图 3-2 "参数"对话框

（3）在"项目"窗口空白处双击，导入素材"光盘\实例素材\第三章\小公主"文件夹到"项目"窗口中。因为我们要将整个文件夹素材全部导入"项目"窗口，所以可以使用"导入"对话框中"导入文件夹"按钮来实现，如图 3-3 所示。

图 3-3 "导入"对话框

（4）将所有图片从"项目"窗口里拖拽到"时间线"窗口中视频 1 上，排好顺序。视频 1 中图片排列具体顺序如下：68a，71a，70a，69a，76a，56a，04a，03a，55a，32a，47a，48a，36a，35a，30a，白色，26a，14a，18a，06a，58a，57a，02a，01a。

（5）逐个修改所有图片在节目窗口中显示的大小。

方法：单击选中时间轴视频 1 中图片，在源监视器窗口"效果控制"选项卡下"运动"选项中，改变"比例"参数数值，直到素材大小刚好与节目窗口大小相同为止，如图 3-4 所示。视频中其他需要改变显示比例的素材可以使用相同的方法进行修改。

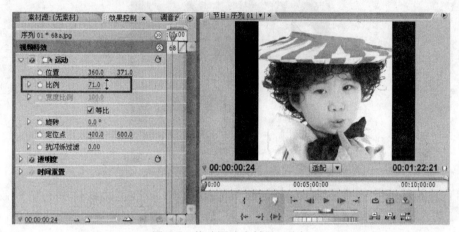

图 3-4　修改图片素材显示比例

第二部分："划像"类场景切换效果的加入。

（6）在"效果"面板中"视频切换效果"文件夹里找到"划像"类场景切换效果，如图 3-5 所示。单击该文件夹左侧的三角箭头，展开效果选项，其中的子效果如图 3-6 所示。

图 3-5　"划像"场景切换效果文件夹　　　　图 3-6　"划像"切换效果子效果

（7）单击"划像盒"效果，使用鼠标拖拽的方法将其拖放到视频 1 中任意两个图片中间，出现"中"形场景切换效果标记。释放鼠标按键。在刚刚添加切换效果的地方出现 划像盒 标志，这意味着该切换效果已经被加入，如图 3-7 所示。

图 3-7　视频中加入"划像盒"切换效果

"划像盒"这种切换效果为：视频中两个相邻视频的过渡以图像 B 呈矩形在图像 A 上展开，图像 A 被擦除的形式来实现，效果如图 3-8 所示。

图 3-8　"划像盒"场景切换效果

（8）进行场景切换效果属性的设置。单击图 3-7 中红色边框位置的切换效果图标 ，"源素材监视器"中"效果控制"窗口转换为"场景切换效果设置"窗口，如图 3-9 所示。

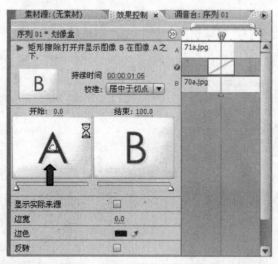

图 3-9　场景切换效果设置窗口

将"持续时间"修改为"00:00:01:05"（指切换效果持续时间）；将"校准"设置为"居中于切点"（指切换效果平均作用于两个素材）；勾选"显示实际来源"，选择后效果如图 3-10 所示。

还可以通过更改图 3-9 中"A"图上标注"O"形空心圆的位置，来改变矩形场景切换出现的位置。

最终形成场景切换效果如图 3-10 所示。

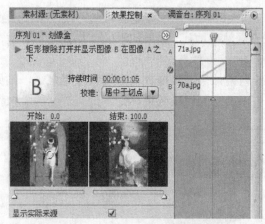

图 3-10　显示真实来源选项的效果

（9）在"特效"面板中"视频切换"文件夹里找到"划像"切换效果中的"菱形划像"效果，将其使用鼠标拖拽的方法拖放到视频 1 中任意两个图片中间，出现 菱形划像 切换效果标记，如图 3-11 所示。

图 3-11　视频中加入"菱形划像"切换效果

这种切换效果为：视频中两个相邻视频的切换以图像 B 呈菱形在图像 A 上展开，图像 A 擦除的形式来实现。

（10）单击时间轴视频中新加入的"菱形划像"切换效果图标，"源素材监视器"中"效果控制"窗口转换为"场景切换效果设置"窗口，将"持续时间"修改为"00:00:01:05"；将"校准"设置为"居中于切点"；勾选"显示实际来源"。我们也可以更改"边宽"，它是指菱形的边框宽度。通常数值保持为"0"，即无边框显示。"边色"指边框的颜色。效果如图 3-12 所示。

图 3-12　菱形划像切换效果

（11）继续在"划像"切换效果中寻找合适的场景切换效果加入到视频 1 中。我们可以通过节目窗口的播放按钮来查看效果如何。如果加入的切换效果不合适，我们可以更换新的切换效果。

方法 1：寻找一个新的切换效果直接拖放在原切换效果之上，则原有的切换效果被覆盖。

方法 2：在视频中右击不满意的切换效果标记，选择"清除"按钮，如图 3-13 所示。

图 3-13　清除不满意的切换效果

第三部分："3D"场景切换效果。

（12）找到"效果"面板中的"视频切换效果"文件夹，找到其中"3D 运动"效果，查看其中的子效果，如图 3-14 所示。

（13）单击"窗帘"效果，使用鼠标拖拽的方法将该效果拖放到时间轴视频 1 两个素材中间，在图片相接的地方出现切换效果标记 窗帘 ，如图 3-15 所示。

图 3-14　"3D 运动"场景切换效果

图 3-15　"窗帘"切换效果

（14）单击切换效果图标 窗帘 ，"源素材监视器"中"效果控制"窗口转换为"场景切换效果设置"窗口，如图 3-16 所示。

"窗帘"场景切换效果为：图像 A 以窗帘状被掀开露出图像 B。

将"持续时间"修改为"00:00:01:05"；将"校准"设置为"居中于切点"；勾选"显示实际来源"；"开始"参数设置窗帘从何等状态被打开；"结束"参数设置窗帘打开到什么程度结束切换，如图 3-17 所示，本次"窗帘"方式的视频切换开始状态为窗帘被打开"33.3%"；当窗帘打开到"82.9%"时，结束视频切换过程。

"反转"的作用：场景切换效果取原来效果的相反值。例如，窗帘切换选择了反转效果之后，过渡由"犹如打开窗帘一般"的效果变成了"放下窗帘"的效果。

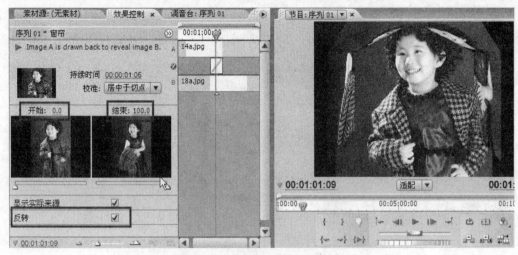

图 3-16　"窗帘"场景切换效果

图 3-17　"开始"和"结束"参数的设置

"校准"设定了视频切换效果放置的 3 种不同的位置：

● 　在前素材的尾部加入切换。

● 　在两个素材中间加入切换。

● 　在后一个素材的开头加入切换。

选择的"居中于切点"就指的是在两个素材中间加入场景切换。

继续在"3D 运动"场景切换效果中寻找合适的场景切换效果加入到视频 1 中。例如"摆入"、"旋转"、"翻转"都是很好的效果。

第四部分：叠化场景切换效果。

（15）找到"效果"面板中的"视频切换效果"文件夹，打开其中"叠化"场景切换效果，如图 3-18 所示。

（16）将其中"叠化"效果拖放到两个图片素材中间，出现场景切换效果标记 叠化 ，如图 3-19 所示。

"叠化"效果：也叫"淡入淡出"效果，是影视制作中最常使用的转场方式，它通常被设置成为默认的转场效果。在这种场景切换效果中，图像 A 淡出，图像 B 淡入，在过渡过程中不会有其他的变换效果。

（17）单击视频 1 中新加入的叠化切换效果图标 叠化 ，"源素材监视器"中"效果控制"窗口转换为"场景切换效果设置"窗口，将"持续时间"修改为"00:00:01:05"；将"校准"设置为"居中于切点"；勾选"显示实际来源"，效果如图 3-20 所示。

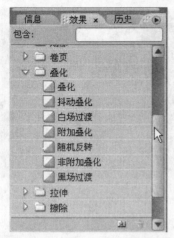

图 3-18　"叠化"场景切换效果

图 3-19　视频中加入叠化切换效果

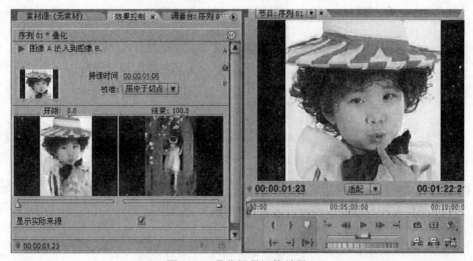

图 3-20　叠化场景切换效果

（18）在"效果"面板中"视频切换效果"文件夹里找到"叠化"场景切换效果下"白场过渡"效果，使用鼠标拖动方式将其拖放到两个图片素材中间，相应位置出现 白场过渡 标记。

白场场景切换效果：图像 A 淡出到白场状态，图像 B 从白场状态淡入。

（19）单击视频 1 中新加入白场场景切换效果图标 白场过渡 ，"源素材监视器"中"效果控制"窗口转换为"场景切换效果设置"窗口，将"持续时间"修改为"00:00:01:05"；将"校准"设置为"居中于切点"；勾选"显示实际来源"，效果如图 3-21 所示。

继续在"叠化"场景切换效果中寻找合适的场景切换效果加入到视频 1 中。例如"随机反转"、"附加叠化"、"抖动叠化"都是很好的效果。

第五部分：将静态图片设置运动路径。

由于 71a.jpg、35a.jpg、21a.jpg、22a.jpg 几幅图片是竖版的人物图像，如果让人物的全身都在节目窗口中显示出来，则图片的宽度就只能占用节目窗口的 1/2。这样做成的电子相册很不美观。我们将这几幅图片设计成为运动出现的图片，就会使相册在视觉上更具有亲和力。

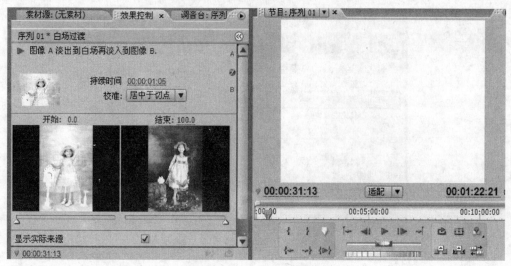

图 3-21 白场场景切换效果

（20）图片 71a.jpg 运动效果的设置。

1）在视频 1 中单击选中 71a.jpg 素材。

2）在"源监视器"窗口中的"效果控制"选项卡中打开"运动"选项。

3）"比例"关键帧的设置。

①移动时间指示器。当看到"源监视器"窗口左下角的时间显示 00:00:03:07 时，单击"运动"中"比例"左侧的 按钮，打开关键帧开关，按钮变成 状态。同时窗口右侧时间指示器对应"比例"位置出现菱形关键帧标记 。将"比例"参数设置为"1.6"，如图 3-22 所示。

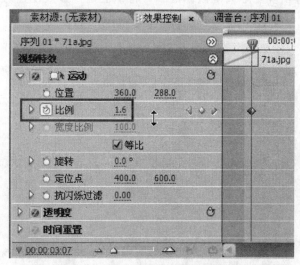

图 3-22 设置"比例"第一个关键帧

②再次移动时间指示器。当看到"源监视器"窗口左下角的时间显示 00:00:05:17 时，将"比例"参数设置为"95.2"。窗口右侧时间指示器对应"比例"位置出现第二个菱形关键帧标记 ，如图 3-23 所示。

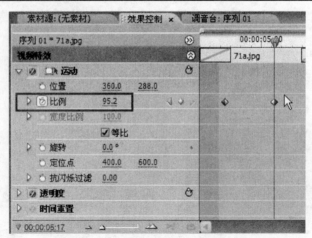

图 3-23　设置"比例"第二个关键帧

注意：同一素材的第一个关键帧和最后一个关键帧的表现形式是不一样的。菱形标记分左右两部分。靠近素材头和尾两端的颜色为深灰，靠近中间的关键帧颜色为浅灰。

如此设置后，素材在播放的过程中会以由小变大的方式显示。

（21）图片 35a.jpg 运动效果的设置。

1）在视频 1 中单击选中 35a.jpg 素材。

2）在"源监视器"窗口中的"效果控制"选项卡中打开"运动"选项。

3）"位置"关键帧的设置。

①移动时间指示器。当看到"源监视器"窗口左下角的时间显示 00:00:40:04 时，单击"运动"中"位置"左侧的 按钮，打开关键帧开关，按钮变成 状态。同时窗口右侧时间指示器对应"位置"位置出现菱形关键帧标记。将"位置"参数设置为"360.0，109.5"，如图 3-24 所示。

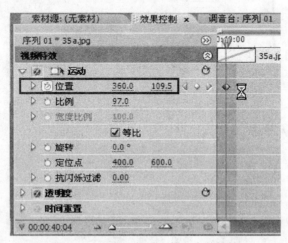

图 3-24　设置"位置"第一个关键帧

②再次移动时间指示器。当看到"源监视器"窗口左下角的时间显示 00:00:42:11 时，将"位置"参数设置成为"360.0，418.0"。窗口右侧时间指示器对应"位置"位置出现第二个菱形关键帧标记，如图 3-25 所示。

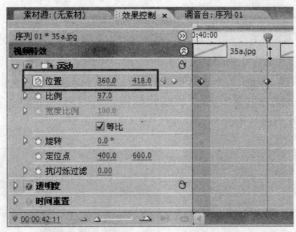

图 3-25 设置"位置"第二个关键帧

设置后,素材播放时会以从下向上的方式显示。

(22) 图片 21a.jpg、22a.jpg 相册效果的设置。

1) 将图片 21a.jpg、22a.jpg 放置到视频 2、视频 3 轨道中。在这两幅图片下方的视频 1 轨道中,添加"白色"图片素材,用以为图片 21a.jpg、22a.jpg 添加白色背景,如图 3-26 所示。

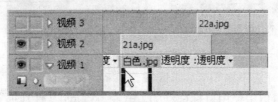

图 3-26 添加白色背景

2) 单击选中视频 2 中的 21a.jpg 素材。

3) 在"源监视器"窗口中的"效果控制"选项卡中打开"运动"选项。将"位置"设置为"206.1,312.8",如图 3-27 所示。将该图片设置为静态效果,不必设置关键帧。

图 3-27 设置"位置"参数

4) 单击选中视频 3 中 22a.jpg 素材。

5) 在"源监视器"窗口中的"效果控制"选项卡中打开"运动"选项,移动时间指示器。

当看到"源监视器"窗口左下角的时间显示 00:00:51:07 时,单击"运动"中"位置"左侧 按钮,打开关键帧开关, 按钮变成 状态。同时窗口右侧时间指示器对应"位置"位置出现菱形关键帧标记 ,将"位置"参数设置为"-101.6,820.6",如图 3-28 所示。

再次移动时间指示器。当看到"源监视器"窗口左下角的时间显示 00:00:54:00 时,将"位置"参数设置成为"464.5,325.2"。窗口右侧时间指示器对应"位置"位置出现第二个菱形关键帧标记 ,如图 3-29 所示。

图 3-28　设置第一个"位置"关键帧　　图 3-29　设置第二个"位置"关键帧

设置后,22a.jpg 素材将从显示屏幕的左下方向右上方移动显示。

第六部分:为视频开头添加环形显示区域。

(23)从"项目"窗口中使用鼠标拖动的方式将 035.avi 文件拖拽到视频 2 轨道的开始处。单击视频 2 中的 035.avi 文件,在"效果控制"选项卡中,将"比例"设置为"221.0",使之能够全屏显示,如图 3-30 所示。

图 3-30　设置素材显示比例

(24)在"效果"面板中,选择"视频特效"文件夹下"键"效果。打开"键"左侧下拉按钮,将子效果中的"颜色键"效果,使用鼠标拖动的方式拖拽到视频 2 中的 035.avi 文件上,放开鼠标按键,如图 3-31 和图 3-32 所示。

图 3-31　效果面板

图 3-32　"颜色键"特效

（25）打开"效果控制"选项卡，我们看见刚刚加入的"颜色键"效果已被添加进来，如图 3-33 所示。点击"颜色键"左侧小三角标记，下面有"键颜色"、"色彩宽容度"、"边缘变薄"和"边缘羽化"四个设置项目。将"键颜色"设置为白色。

方法：单击吸管图标，当鼠标变形后，在节目窗口中白色区域单击，就可以设置颜色选项。

"颜色键"效果其余参数值保持不变。

可以看到加入此特效后，原来素材中大面积的白色区域变透明了，如图 3-34 所示。

图 3-33　"颜色键"效果设置

图 3-34　加入"颜色键"特效前后变化

第七部分：添加视频轨道的数量。

在最初建立视频文件时，给系统设置默认视频轨道为 3 条，默认音频轨道为 3 条。在实际需要中，我们可以酌情对视频和音频轨道的数量进行增减。

（26）添加视频轨道：单击"序列"→"添加轨道"命令，打开"添加视音轨"对话框，如图 3-35 和图 3-36 所示。

（27）在"视频轨"后面输入计划增加轨道的数量，单击"确定"按钮。

添加音频轨道的方法与添加视频轨道的方法相同。

注意：如果希望删除多余的轨道，可以单击"序列"→"删除轨道"命令，打开"删除视音轨"对话框，如图 3-37 和图 3-38 所示。在相应的位置勾选，单击"确定"按钮，即可完成删除轨道的相关操作。

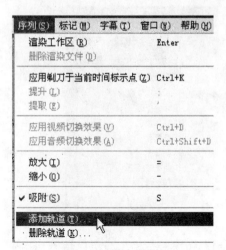

图 3-35　添加轨道

图 3-36　"添加视音轨"对话框

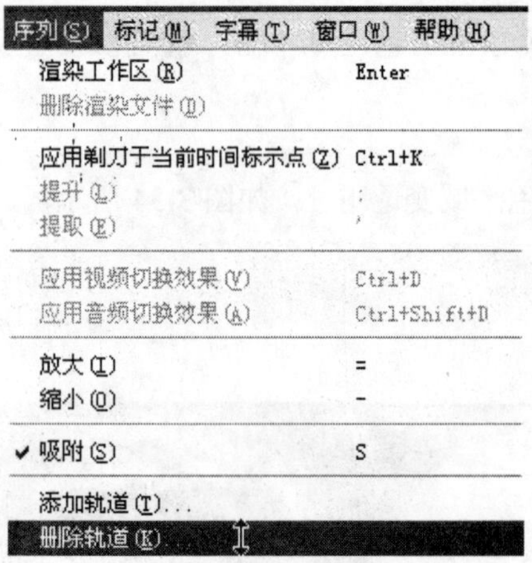

图 3-37　删除轨道

图 3-38　"删除视音轨"对话框

第八部分：加入纷飞蝴蝶的视频。

（28）多次将"蝴蝶.avi"文件从项目窗口拖拽到刚添加的视频 4 轨道中。使"蝴蝶"视频的累计显示长度与视频 1 中相册的显示长度相同，如图 3-39 所示。

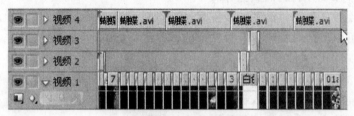

图 3-39　添加"蝴蝶"视频

（29）在"效果"面板中，选择"视频特效"文件夹下"键"效果。打开"键"左侧下拉按钮，将子效果中的"蓝屏键"效果，使用鼠标拖动的方式拖拽到视频 4 中每一个"蝴蝶.avi"文件上，放开鼠标按键，如图 3-40 所示。

（a）

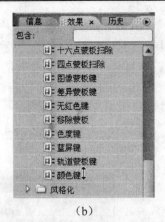
（b）

图 3-40　"效果"面板的"蓝屏键"特效

（30）打开"效果控制"选项卡，我们看见刚刚加入的"蓝屏键"效果已被添加进来，如图 3-41 所示。点击"蓝屏键"左侧小三角标记，下面有"界限"、"截断"、"平滑"和"只有遮罩"四个设置项目。保持原参数不变。

可以看到加入此特效后，原来素材中蓝色区域变透明了，如图 3-42 所示。

图 3-41　"蓝屏键"效果设置　　　　　　图 3-42　加入"蓝屏键"特效前后变化

第九部分：加入音频文件。

（31）双击"项目"窗口空白处，打开"导入"对话框，将"钢琴曲"加入到"项目"窗口中。

（32）使用鼠标拖动"钢琴曲"到时间轴窗口音频 1 轨道上，使用耳麦听音频效果。用剃刀工具 将多出视频部分的音乐切割，删除多余的部分。

（33）在节目窗口中检查编辑结果，导出"小公主"电子相册视频。

3.3　任务二：电子相册"风景怡人"

3.3.1　相关知识

将静态的序列文件转换成为连续的视频文件的方法：

例如，将"双蝶"文件夹内的序列文件转换成为连续的视频文件。

　　"双蝶"文件夹内是一个系列图片集合，它很像我们电影胶片中输出的逐帧图像，我们可以将每幅图片的显示时间缩短至"持续时间"为 2 帧，然后将文件夹中的 101 幅图片在节目窗口中连放，这样会产生大约 8 秒钟的动态视频效果。

　　（1）启动 Premiere Pro 程序，新建一个项目"蝴蝶"，打开工作窗口。

　　（2）选择"编辑"→"参数"→"常规"命令，弹出"参数"对话框。将"静帧图像默认持续时间"修改为"2 帧"，如图 3-43 所示。此后导入到项目窗口中的静态素材的显示时间就自动显示为 2 帧的时间长度了。

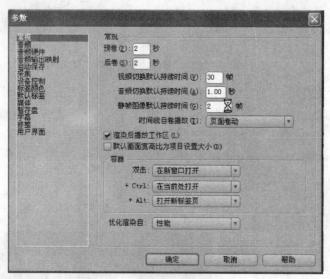

图 3-43 　"参数"设置对话框

　　（3）在"项目"窗口空白处双击，打开"导入"窗口。使用"导入文件夹"按钮导入素材"光盘\实例素材\第三章\风景怡人\双蝶"文件夹到"项目"窗口中，如图 3-44 所示。

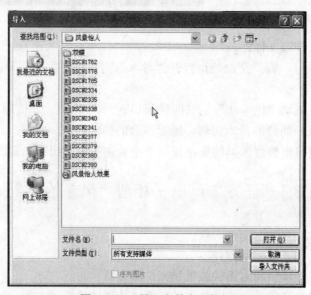

图 3-44 　"导入文件夹"按钮

（4）将"双蝶"文件夹从项目窗口里拖拽到"时间线"窗口中视频 1 上，查看每幅图片显示长度均为"2 帧"，如图 3-45 所示。

图 3-45　每一幅图片显示时间为 2 帧

（5）将视频 1 中内容导出为.avi 格式影片。

选择"文件"→"导出"→"影片"命令，打开"导出影片"对话框。文件名输入为"蝴蝶"，存储路径为"实例素材\第三章\风景怡人"。单击"保存"按钮，如图 3-46 所示。

图 3-46　"导出影片"对话框

渲染结束后，"蝴蝶.avi"文件不但被存储到指定位置，而且还会出现在"项目"窗口之中，此时的"蝴蝶"已经是一个连续的视频了。

3.3.2　任务实现

【任务描述】

介绍使用 4 种典型的场景切换效果："缩放"场景切换、"拉伸"场景切换、"滑动"场景切换和"擦除"场景切换效果，制作一个风景电子相册，效果如图 3-47 所示。

【制作要点】

- 场景切换效果的选择。
- 场景切换参数的设置。
- 修改静态图片显示时间的方法。
- 使用序列文件建立动态视频。
- "效果控制"选项卡中"运动"属性的设置。
- 关键帧的设置。

【实例效果】

图 3-47　"风景怡人"实例效果

【操作步骤】

第一部分：导入素材，加入蝴蝶视频。

（1）启动 Premiere Pro 程序，新建一个项目"风景怡人"，打开工作窗口。

（2）在"项目"窗口空白处双击，打开"导入"对话框。使用"导入文件夹"按钮导入素材"光盘\实例素材\第三章\风景怡人"文件夹到"项目"窗口中。

（3）将"双蝶"文件夹从项目窗口里拖拽到"时间轴"窗口中视频 1 上。

（4）将视频 1 中内容导出为.avi 格式影片，文件名为"蝴蝶 1"。

渲染结束后，"蝴蝶 1.avi"文件出现在项目窗口之中。

（5）删除视频 1 中有关"蝴蝶"的内容。

（6）选择"编辑"→"参数"→"常规"命令，弹出"参数"对话框。将"静帧图像默认持续时间"修改为"75 帧"，如图 3-48 所示。此后导入到"项目"窗口中的静态素材的显示时间就自动显示为 75 帧的时间长度了。

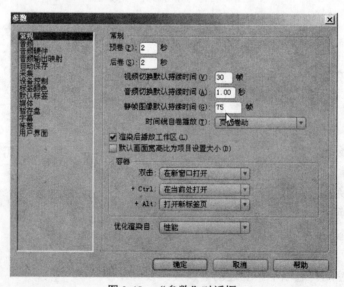

图 3-48　"参数"对话框

（7）使用鼠标拖动的方式将"项目"窗口中剩余风景图片置放到时间线窗口视频 1 中，顺序显示风景图片。将"项目"窗口中"蝴蝶 1"视频文件存放于视频 2 内，其开始时间与第一幅风景图片对齐，如图 3-49 所示。

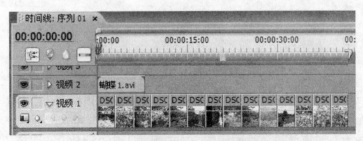

图 3-49　　"时间线"窗口中内容的摆放

（8）使用鼠标拖动的方式调整风景图片的显示顺序。相近内容的图片排列在一起。

（9）逐个修改所有图片在节目窗口中显示的大小。

方法：单击选中视频 1 中图片，在"源监视器"窗口"效果控制"选项卡下"运动"选项里，改变"比例"参数数值。比例设置为"33"时，刚好图片可以完整显示出来。视频中其他需要改变显示比例的素材可以使用相同的方法进行修改，如图 3-50 所示。

图 3-50　　修改图片素材显示比例

第二部分："缩放"场景切换效果的应用。

（10）在"效果"面板的"视频切换效果"文件夹中找到"缩放"场景切换效果，如图 3-51 所示。单击该文件夹左侧的三角箭头，展开效果选项，子效果如图 3-52 所示。

图 3-51　"缩放"场景切换效果文件夹　　　　图 3-52　"缩放"切换效果子效果

（11）单击"缩放盒"切换效果，使用鼠标拖拽的方法将其拖放到视频 1 中任意两个图片中间，出现"中"形场景切换效果标记，释放鼠标按键。在刚刚添加切换效果的地方出现 缩放盒 标志。这意味着该切换效果已经被加入，如图 3-53 所示。

图 3-53　视频中加入"缩放盒"切换效果

"缩放盒"这种切换效果为：图像 B 由多个分割盒状放大结合为整体，并覆盖图像 A，效果如图 3-54 所示。

（12）"缩放盒"切换效果属性的设置：单击视频 1 中"缩放盒"切换效果图标 缩放盒 ，"源素材监视器"中"效果控制"窗口转换为"场景切换效果设置"窗口，如图 3-54 所示。将"持续时间"修改为"00:00:01:05"；将"校准"设置为"自定义开始"；勾选"显示实际来源"。

图 3-54　缩放盒场景切换效果

（13）继续在"缩放"切换效果中寻找合适的场景切换效果加入到视频 1 中。

第三部分："拉伸"场景切换效果的应用。

（14）在"效果"面板中"视频切换效果"文件夹里找到"拉伸"场景切换效果，如图 3-55 所示。单击该文件夹左侧的三角箭头，展开效果选项，子效果如图 3-56 所示。

（15）单击"伸展覆盖"场景切换效果，使用鼠标拖拽的方法将其拖放到视频 1 中任意两个图片中间，释放鼠标按键。在刚刚添加切换效果的地方就会出现 伸展覆盖 标志，如图 3-57 所示。

"伸展覆盖"效果为：图像 B 由一条线伸展覆盖于图像 A。

（16）伸展覆盖切换效果属性的设置。单击视频 1 中伸展覆盖切换效果图标 伸展覆盖 ，"源素材监视器"中"效果控制"窗口转换为"场景切换效果设置"窗口，如图 3-58 所示。将"持续时间"修改为"00:00:01:05"；将"校准"设置为"居中于切点"；勾选"显示实际来源"。

图 3-55　"拉伸"场景切换效果

图 3-56　"拉伸"切换效果子效果

图 3-57　视频中加入"伸展覆盖"切换效果

图 3-58　伸展覆盖场景切换效果

　　（17）继续在"拉伸"切换效果中寻找合适的场景切换效果加入到视频 1 中。

　　第四部分："滑动"场景切换效果的应用。

　　（18）在"效果"面板中"视频切换效果"文件夹里找到"滑动"场景切换效果，如图 3-59 所示。单击该文件夹左侧的三角箭头，展开效果选项，子效果如图 3-60 所示。

　　（19）单击"斜叉滑动"场景切换效果，使用鼠标拖拽的方法将其拖放到视频 1 中任意两个图片中间，释放鼠标按键。在刚刚添加切换效果的地方出现斜叉滑动标志，如图 3-61 所示。

　　"斜叉滑动"效果为：图像 B 通过许多独立斜段面在图像 A 上滑入，效果如图 3-62 所示。

图 3-59　"滑动"场景切换效果

图 3-60　"滑动"切换效果子效果

图 3-61　视频中加入"斜叉滑动"切换效果

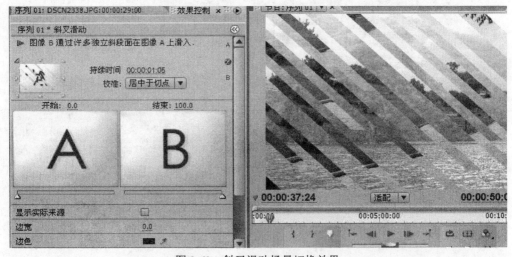

图 3-62　斜叉滑动场景切换效果

　　（20）斜叉滑动切换效果属性的设置。单击视频 1 中斜叉滑动切换效果图标 斜叉滑动，"源素材监视器"中"效果控制"窗口转换为"场景切换效果设置"窗口，如图 3-62 所示。将"持续时间"修改为 00:00:01:05；将"校准"设置为"居中于切点"；勾选"显示实际来源"。

　　（21）继续在"滑动"切换效果中寻找合适的场景切换效果加入到视频 1 中。

　　第五部分："擦除"场景切换效果应用。

　　（22）在"效果"面板中"视频切换效果"文件夹里找到"擦除"场景切换效果，如图 3-63 所示。单击该文件夹左侧的三角箭头，展开效果选项，子效果如图 3-64 所示。

图 3-63 "擦除"场景切换效果   图 3-64 "擦除"切换效果子效果

（23）单击"时钟擦除"场景切换效果，使用鼠标拖拽的方法将其拖放到视频 1 中任意两个图片中间，释放鼠标按键。在刚刚添加切换效果的地方出现 时钟擦除 标志，如图 3-65 所示。

图 3-65 视频中加入"时钟擦除"切换效果

"时钟擦除"效果为：从图像 A 的中心扫描擦除显露图像 B，效果如图 3-66 所示。

（24）时钟擦除切换效果属性的设置：单击视频 1 中时钟擦除切换效果图标 时钟擦除 ，"源素材监视器"中"效果控制"窗口转换为"场景切换设置"窗口，如图 3-66 所示。将"持续时间"修改为 00:00:01:05；将"校准"设置为"居中于切点"；勾选"显示实际来源"。

图 3-66 时钟擦除场景切换效果

（25）继续在"擦除"切换效果中寻找合适的场景切换效果加入到视频 1 中。

第六部分：设置 DSCN2377.JPG 图片的动态效果。

（26）DSCN2377.JPG 图片是一幅瀑布的图片。我们可以通过对图片显示位置的设置，使图片产生动态效果。

1）在视频 1 中单击选中 DSCN2377.JPG 素材。

2）在"源监视器"窗口中的"效果控制"选项卡中打开"运动"选项。

3）移动时间指示器。当看到源监视器窗口左下角的时间显示为 00:00:26:04 时，鼠标单击"运动"中"位置"左侧█按钮，打开关键帧开关。█按钮变成█状态，同时窗口右侧时间指示器对应"位置"位置出现菱形关键帧标记◆。将"位置"参数设置为"360.1，285.4"，如图 3-67 所示。

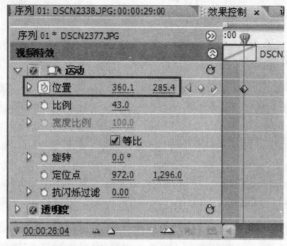

图 3-67　设置"位置"第一个关键帧

再次移动时间指示器。当看到源监视器窗口左下角的时间显示为 00:00:29:11 时，将"位置"参数设置成为"365.8，77.4"。窗口右侧时间指示器对应"位置"位置出现第二个菱形关键帧标记◆，如图 3-68 所示。

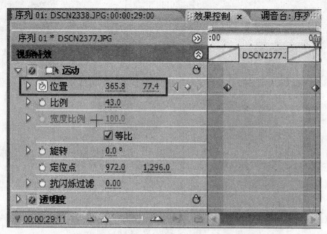

图 3-68　设置"位置"第二个关键帧

设置后，素材播放时会以从下向上的方式运动。

第七部分：为蝴蝶视频加入特效。

（27）将"蝴蝶 1"视频文件放置于视频 2 内，其开始时间与第一幅风景图片对齐，如图 3-69 所示。

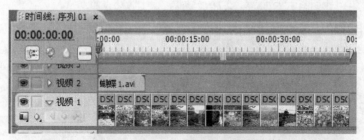

图 3-69　加入"蝴蝶 1"视频

（28）在"效果"面板中，选择"视频特效"文件夹下"键"效果。打开"键"左侧下拉按钮，将子效果中的"颜色键"效果使用鼠标拖动的方式拖拽到视频 2 的"蝴蝶 1.avi"文件上，放开鼠标按键，如图 3-70 和图 3-71 所示。

图 3-70　"效果"面板

图 3-71　"颜色键"特效

（29）打开"效果控制"选项卡，看见刚刚加入的"颜色键"效果已被添加进来，如图 3-72 所示。点击"颜色键"左侧小三角标记，下面有"键颜色"、"色彩宽容度"、"边缘变薄"和"边缘羽化"四个设置项目。

图 3-72　"颜色键"效果设置

将"键颜色"设置为黑色。方法：单击吸管图标，当鼠标变形后，在屏幕任意处的黑色区域单击，就可以设置颜色选项。

"色彩宽容度"设置为"63"，其余项目保持原参数不变（注意试验"色彩宽容度"作用）。

可以看到加入此特效后，原来素材中大面积黑色区域变透明，显示出视频 1 中的内容，如图 3-73 所示。

（30）在节目窗口中检查编辑结果，导出风景电子相册视频。

图 3-73　加入"颜色键"特效前后变化

3.4　任务三：电子相册"美丽的沈阳"

3.4.1　相关知识

定义常用效果"自定义容器"的步骤如下：

（1）在"效果"面板中右下角，有 标志，如图 3-74。单击该标志，可以创建一个新的容器，用来存放用户常用的各种效果，如图 3-75 所示。

图 3-74　创建"新自定义容器"按钮

图 3-75　创建一个新容器

（2）找到用户喜欢的场景切换效果，使用鼠标拖动的方式，将其拖拽到"自定义容器"之上。查看结果，一个常用效果的快捷方式出现在容器之中，如图 3-76 和图 3-77 所示。

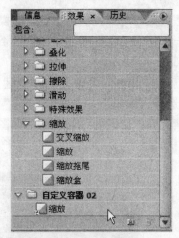

图 3-76　选择用户喜欢的场景切换效果　　　图 3-77　将选中效果存放在自定义容器中

3.4.2　任务实现

【任务描述】

本节课主要介绍如何使用 3 种典型的场景切换效果："卷页"场景切换、"Map"场景切换、"特殊"场景切换效果，制作一个关于沈阳题材的电子相册，如图 3-78 所示。

【制作要点】

● 　场景切换效果的选择。

● 　场景切换参数的设置。

● 　"效果控制"中"运动"属性的设置。

● 　默认场景切换效果的设置。

● 　总结设置视频切换效果各参数的基本要点。

【实例效果】

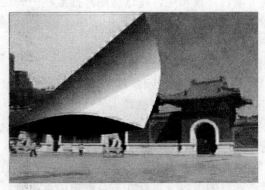

图 3-78　"美丽的沈阳"实例效果

【操作步骤】

设计思路：在视频中，顺序显示风景图片，相近内容的图片排列在一起，为图片加入新的场景切换效果。

特别提示：在前面两个案例中，我们将电子相册做得相对完美。但本节课学习的 3 种场景切换方法效果相对突兀些，在实际的操作中并不经常使用。本着从学习的目的出发，我们将这些效果一一使用，旨在对比，从而找到适合不同编辑题材和不同编辑手法的常用效果。

第一部分：导入素材。

（1）启动 Premiere Pro 程序，新建一个项目"美丽的沈阳"，打开工作窗口。

（2）选择"编辑"→"参数"→"常规"命令，弹出"参数"设置对话框。将"静帧图像默认持续时间"修改为"75 帧"，如图 3-79 所示。此后导入到项目窗口中的静态素材的显示时间就自动显示为 75 帧的时间长度了。

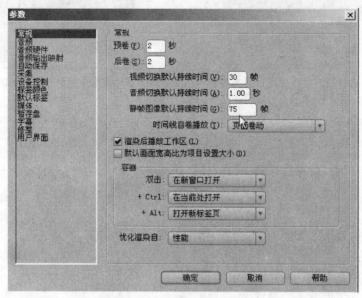

图 3-79 　"参数"设置对话框

（3）在"项目"窗口空白处双击，打开"导入"窗口。将"光盘\实例素材\第三章\美丽的沈阳"风景图片导入到"项目"窗口中，将这些图片拖放在时间轴视频 1 上。

（4）使用鼠标拖动的方式调整风景图片的显示顺序，相近内容的图片排列在一起，白天的图片在前，夜景图片在后。

（5）逐个修改所有图片在节目窗口中显示的大小。

方法 1：将"时间轴"窗口中的时间指示器移动到需要更改显示比例素材上。单击视频中该素材，在"源监视器"窗口的"效果控制"选项卡下"运动"选项中，即可改变该素材的"比例"参数数值。我们可以将鼠标悬浮于"比例"后面的数值上，左右拖动鼠标，比例参数数值自动改变，如图 3-80 所示。

方法 2：将"时间轴"窗口中的时间指示器移动到需要更改显示比例素材上。单击视频中该素材，节目窗口将显示该素材的内容。鼠标在节目窗口中单击素材。素材的外边框被显示。使用鼠标拖动的方式拖动节目窗口中的素材外边框，可以改变素材比例。修改效果如图 3-81 和图 3-82 所示。

第二部分："卷页"场景切换效果的应用。

（6）在"效果"面板的"视频切换效果"文件夹中找到"卷页"场景切换效果，如图 3-83 所示。单击该文件夹左侧的三角箭头，展开效果选项，子效果如图 3-84 所示。

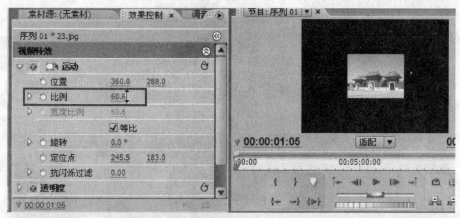

图 3-80　修改图片素材显示比例

图 3-81　修改素材显示比例前

图 3-82　修改素材显示比例后

图 3-83　"卷页"场景切换效果

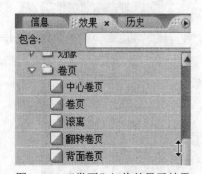

图 3-84　"卷页"切换效果子效果

（7）单击"中心卷页"场景切换效果，使用鼠标拖拽的方法将其拖放到视频 1 中任意两个图片中间，出现"中"形场景切换效果标记。释放鼠标按键，在刚刚添加切换效果的地方出现 中心卷页 标志。这意味着该切换效果已经被加入，如图 3-85 所示。

图 3-85　视频中加入"中心卷页"切换效果

"中心卷页"这种切换效果为：图像 A 从中心点向外卷曲隐藏，显示出图像 B，效果如图 3-86 所示。

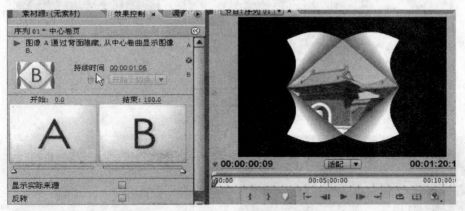

图 3-86　"中心卷页"场景切换效果

（8）"缩放盒"切换效果属性的设置：单击视频 1 中心卷页切换效果图标 中心卷页 ，"源素材监视器"中"效果控制"窗口转换为"场景切换效果设置"窗口，如图 3-86 所示。将"持续时间"修改为 00:00:01:05（此时间可根据个人需要加长或缩短）；将"校准"设置为"开始于切点"，切换效果加入到素材开始的位置（如选择"居中于切点"，切换效果将加入到 2 段素材中间；选择"结束于切点"，切换效果加入到素材结束的位置）；勾选"显示实际来源"。

（9）继续在"卷页"切换效果中寻找合适的场景切换效果加入到视频 1 中。

第三部分：Map 场景切换效果的应用。

（10）在"效果"面板中"视频切换效果"文件夹里找到 Map 场景切换效果，如图 3-87 所示。单击该文件夹左侧的三角箭头，展开效果选项，子效果如图 3-88 所示。

图 3-87　Map 场景切换效果

图 3-88　Map 切换效果子效果

（11）单击"亮度映射"场景切换效果，使用鼠标拖拽的方法将其拖放到视频 1 中任意两个图片中间，释放鼠标按键。在刚刚添加切换效果的地方出现亮度映标志，如图 3-89 所示。

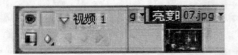

图 3-89　视频中加入"亮度映射"切换效果

"亮度映射"效果为：图像 A 的亮度映射在图像 B 上，效果如图 3-90 所示。

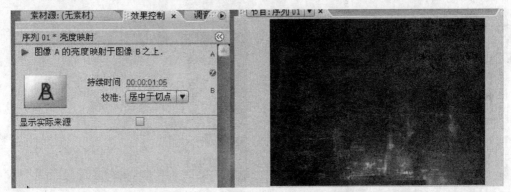

图 3-90　"亮度映射"场景切换效果

（12）"亮度映射"切换效果属性的设置。单击视频 1 中亮度映射切换效果图标亮度映，"源素材监视器"中"效果控制"窗口转换为"场景切换效果设置"窗口，如图 3-90 所示。将"持续时间"修改为 00:00:01:05；将"校准"设置为"居中于切点"；勾选"显示实际来源"。

（13）继续在 Map 切换效果中寻找合适的场景切换效果加入到视频 1 中。

第四部分："特殊效果"场景切换效果的应用。

（14）在"效果"面板的"视频切换效果"文件夹中找到"特殊效果"场景切换效果，如图 3-91 所示。单击该文件夹左侧的三角箭头，展开效果选项，子效果如图 3-92 所示。

图 3-91　"特殊效果"场景切换效果

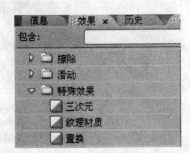

图 3-92　"特殊效果"切换效果子效果

（15）单击"三次元"场景切换效果，使用鼠标拖拽的方法将其拖放到视频 1 中任意两个图片中间，释放鼠标按键。在刚刚添加切换效果的地方出现三次元 标志，如图 3-93 所示。

图 3-93　视频中加入"三次元"切换效果

"三次元"效果为：源图像映射进红色和蓝色的输出通道，效果如图 3-94 所示。

图 3-94　"三次元"场景切换效果

（16）"三次元"切换效果属性的设置。单击视频 1 中三次元切换效果图标三次元，"源素材监视器"中"效果控制"窗口转换为"场景切换效果设置"窗口，如图 3-94 所示。将"持续时间"修改为 00:00:01:05；将"校准"设置为"居中于切点"；勾选"显示实际来源"。

（17）继续在"特殊效果"切换效果中寻找合适的场景切换效果加入到视频 1 中。

第五部分：设置默认的场景切换效果。

在节目窗口中检查编辑结果，我们看见 Map、"三次元"这两种场景切换使用时效果是很突兀的。类似的效果在处理一般性质的视频中很少用得到、用得好。我们可以在前面课程中学到的其他的视频切换效果中寻找符合自己设计风格的场景切换效果。

在日常应用中，总有 1～2 种场景切换效果最常用。我们可以通过设置默认场景切换效果来简化逐个为视频添加切换效果的工作。

（18）打开"效果"面板，找到喜欢的场景切换效果。右击该效果，选择"设置所选为默认切换效果"，如图 3-95 所示。设置后，该效果出现紫色边框。

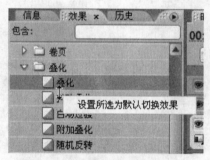

图 3-95　设置默认场景切换效果

将时间指示器移动到想要加入默认场景切换效果的地方，按 Ctrl+D 快捷键可以快速实现任务。

3.5　分组简介各类视频切换效果

3.5.1　相关知识

总结设置视频切换效果各参数的基本要点。在前面的案例中已经为很多视频设置了场景切换效果。下面来系统地总结编辑视频场景切换效果的方法。

- 场景切换效果不仅可以运用于静态视频素材上，也同样可以运用于动态视频中。
- 场景切换效果可以同时作用于任何视频轨道的所有素材之上。

在具体的应用中，我们先需要确定视频哪一种场景切换方法更合适。

以"缩放盒"效果为例说明（如图 3-96 所示）：

（1）效果预览区：告诉用户使用此种转换将有何种结果。

（2）效果持续时间：表示该转换会维持的时间。用户可以根据具体的需要自行更改时长。

（3）校准：说明转换效果发生在素材显示的位置：

- "居中于切点"：表示转换将在 2 个素材相邻处应用。
- "开始于切点"：表示转换运用于指定素材的开始处。
- "结束于切点"：表示转换运用于指定素材的结束处。

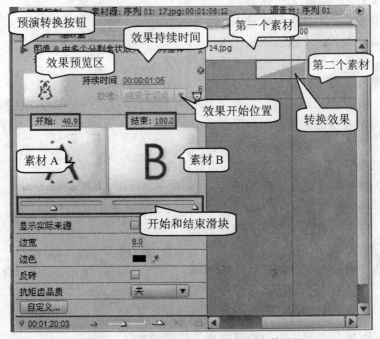

图 3-96　"缩放盒"场景切换效果参数设置

（4）素材 A、素材 B 显示区：通常是不显示素材内容的。这样可以方便使用者观察转换效果的使用情况。

（5）开始和结束滑块：调整转换效果的入点和出点。

（6）显示实际来源：可以在素材 A、素材 B 显示区内更直观地看见转换前后的素材。

（7）边宽：转换前后两个素材相邻的边界是否加入边框以及边框的宽窄，效果如图 3-97 所示。

图 3-97　切换效果中加入边框前后差异

（8）边色：边框的颜色，可通过吸管来拾取。

（9）反转：将默认效果以相反的方式播放。

（10）自定义：设置一些场景切换效果的高级选项。

3.5.2　10 类视频切换效果

（1）3D 运动类视频切换效果组：能够给人以三维立体视觉效果。

上折叠：图像 A 不断对折逐渐缩小，露出图像 B。

摆入：图像 B 从一个侧面摇摆进入。

摆出：图像 B 从一个侧面摇摆进入，但摆入方向与"摆入"效果相反。

旋转：图像 B 以画面中线为轴旋转出现。

旋转离开：图像 B 以立体转动的方式取代图像 A。

窗帘：图像 A 像窗帘一样从两边被卷起，露出图像 B。

立方旋转：图像 A 和图像 B 贴在立方体的两个面上，由立方体的旋转完成。

翻转：从图像 A 中线为轴旋转出现图像 B 的画面。

翻转离开：图像 A 像翻筋斗一样退出。

门：图像 B 像关门一样从两边出现，取代图像 A。

（2）MAP 映射类视频切换效果组：

亮度映射：指定过渡镜头的各个轨道由图像 A 或图像 B 的轨道代替。

通道映射：图像 A 或图像 B 的亮度值叠加。

（3）划像类视频切换效果组：以二维图形变换的方式进行过渡。

划像盒：图像 B 呈方形从图像 A 中间展现。

十字划像：图像 B 呈十字形从图像 A 中间展现。

圆形划像：图像 B 呈圆形从图像 A 中间展现。

形状划像：图像 B 呈指定形状从图像 A 中间展现。

点交叉划像：图像 B 呈 X 形从图像 A 中间展现。

菱形划像：图像 B 呈菱形从图像 A 中间展现。

星形划像：图像 B 呈星形从图像 A 中间展现。

（4）卷页类视频切换效果组：

中心卷页：图像 A 从中心被划分为 4 份，同时向 4 个角落卷起，露出图像 B。

卷页：图像 A 背面带阴影被卷起一个角，露出图像 B。

滚离：图像 A 像纸一样被卷走。

翻转卷页：图像 A 呈透明状被卷起一个角，露出图像 B。

背面卷页：图像 A 从中心被划分为 4 份，先后翻卷 4 个角，露出图像 B。

（5）叠化类视频切换效果组：前一个视频融化消失，后一个视频同时出现。

叠化：图像 A 变淡隐去，图像 B 慢慢显示。

抖动叠化：图像 A 以加亮模式淡化为图像 B。

白场过渡：图像 A 淡化为白屏，再由白屏淡化为图像 B。

附加叠化：图像 B 以点的方式出现取代图像 A。

随机反转：以随机块使图像 A 变化为图像 B。

非附加叠化：图像 A 和图像 B 的亮度叠加消融。

黑场过渡：图像 A 淡化为黑屏，再由白屏淡化为图像 B。

（6）拉伸类视频切换效果组：

交接伸展：图像 A 逐渐被图像 B 平行挤压替代。

伸展入：图像 A 淡化到拉伸移动的图像 B。

伸展覆盖：图像 B 在图像 A 中心横向伸展。

拉伸：图像 B 从一边呈伸缩状伸展开并覆盖图像 A。

（7）擦除类视频切换效果组：

Z 形划片：图像 B 以 Z 字形代替图像 A。

仓门：图像 B 从中间向两边打开覆盖图像 A。

划格擦除：画面被分割呈棋盘一样的格子，各格子从左向右过渡。

带状擦除：图像 B 以水平、垂直或对角线的方向条形进入图像 A。

径向擦除：图像 B 从图像 A 的一角放射擦除画面。

插入：图像 B 从一个角插入，覆盖图像 A。

擦除：图像 B 平滑的进入图像 A。

时钟擦除：以时钟指针走动方式显露出图像 B。

棋盘：图像 A 的画面被分割成棋盘样，先用图像 B 取代一半的格子，再取代剩余格子。

楔形擦除：图像 B 以 V 形擦除扫入。

涂料飞溅：图像 B 以涂料泼溅在画布上的效果覆盖图像 A。

渐变擦除：由用户指定灰度图像，做阶梯渐变过渡。

百叶窗：图像 B 以百叶窗的形式显示。

纸风车：图像 A 像风车一样逐渐消失，图像 B 显示。

螺旋盒：图像 A 从一端开始环绕四周向内逐渐消失，露出图像 B。

随机块：图像 B 以随机方块出现，图像 A 消失。

随机擦除：图像 B 从一侧向另外一侧扫除图像 A，边缘呈马赛克状。

（8）滑动类视频切换效果组：

中心分割：图像 A 被十字分成 4 份，同时向 4 个角落缩回，露出图像 B。

中心聚合：图像 A 被十字分成 4 份，同时向中心收缩，露出图像 B。

交替：图像 A 和图像 B 好像位置交换了一样。

分裂：图像 A 由中间向两边拉开，露出图像 B。

多重旋转：图像 B 被分割成许多小方块，各自旋转出现。

带状滑动：图像 B 被分割成若干窄条从两侧向中间推入覆盖图像 A。

推挤：图像 B 将图像 A 推出画面。

斜叉滑动：图像 B 呈斜线状滑动到图像 A。

滑动：图像 B 从一侧进入，覆盖图像 A。

滑动条带：图像 B 在从小到大的竖条中逐渐出现。

滑动盒：图像 B 在竖条中逐渐出现，竖条等距离从一侧进入。

漩涡：图像 B 被分割成小块从图像 A 中间旋转而出。

（9）特殊效果类视频切换效果组：

三次元：图像 A 映射给图像 B 的红色通道和蓝色通道。

纹理材质：图像 A 作为纹理映射到图像 B 上。

置换：图像 A 的 RGB 通道置换图像 B 像素。

（10）缩放类视频切换效果组：

交叉缩放：图像 A 放大至模糊，再由图像 B 缩小到原有尺寸。

缩放：图像 B 从中心逐渐放大出现。

缩放拖尾：图像 A 向中间收缩消失，在消失的过程中，显示图像 A 的收缩轨迹。

缩放盒：图像 B 被分割成许多小块，从各自的中心放大出现。

3.6　小结

场景切换效果在使用过程中似乎很简单，可是，如何选择一种优秀的过渡并将它应用于视频中产生震撼的效果却是一门深刻的艺术。

在影视制作中，应用合适的场景切换效果可以增强场景与场景之间转换的艺术性，使影片更加生动有趣，不显得生硬。它有助于对影片气氛的渲染，突出影片的艺术价值。但值得注意的是，花样太繁琐的转场切换，会影响观看效果。

3.7　课后练习

1．根据教师所给出素材，制作"我的天使"视频。

将各类场景切换效果文件夹内的所有切换效果逐一应用，观察它们之间的区别。熟练掌握为视频文件添加场景切换效果的方法及设置其中切换效果参数过程。注意观察是否影片中用到的场景切换效果种类越多越好？

素材来源：光盘\实例素材\第三章\我的天使。

不拘泥于已经学过的视频效果。可以发挥个人想象，最大限度的将视频文件做得完美。

2．完善"风景怡人"这个实验项目，为视频加入适当的音频文件。

提示：

（1）双击"项目"窗口空白处，打开"导入"对话框，将音频文件加入到"项目"窗口中。

（2）使用鼠标拖动音频文件到时间轴窗口音频 1 轨道上，使用耳麦听音频效果。用剃刀工具 将多出视频部分的音乐切割，删除多余的部分。

（3）设置属于自己的场景切换效果的"新容器"。

第 4 章　视频编辑之滤镜的使用

4.1　本章目的及任务

4.1.1　本章目的

学习 PR 软件中各类滤镜的使用

- 扭曲滤镜：球面化滤镜；弯曲滤镜；镜像滤镜
- 风格化滤镜：马赛克滤镜；浮雕滤镜
- 图像控制滤镜：色彩替换滤镜；色彩平衡滤镜
- 生成滤镜：闪电滤镜；镜头光晕滤镜；渐变滤镜

4.1.2　本章任务

本章包含如下三个任务：

- 任务一：异象
- 任务二：暴风骤雨
- 任务三：雨过天晴

4.2　任务一：异象

4.2.1　相关知识

在 Photoshop 中，我们可以通过应用各种视频滤镜对图片素材进行加工，为原始图片添加各种各样的特殊效果。Premiere Pro CS3 也为我们准备了多种多样的滤镜效果。使用这些视频效果，可以产生动态的扭变、模糊、风吹、幻影等特殊效果，使图像看起来更加生动、绚丽多彩。无论是静态素材还是动态素材，都可以加入视频滤镜效果。

Premiere Pro CS3 中按不同的效果将滤镜进行了分类，放到不同的文件夹中。用户可以将不想使用的滤镜效果隐藏起来，或创建新的文件夹来分组包括那些经常使用或很少使用的效果。

影片加入视频特效的基本方法如下：

（1）将时间线移动到时间轴上需要添加滤镜效果的素材之上。

（2）从窗口左下角的"特效"面板中，找到"视频特效"文件夹，打开"视频特效"文件夹左侧的三角形展开按钮，挑选出需要的特效效果，使用鼠标拖动的方式将效果加入到时间轴上相应的素材上，释放鼠标。

（3）单击已经加入特效的素材，在"源监视器"窗口的"效果控制"选项卡下调整新加入滤镜的各项参数，设置关键帧。

（4）预演视频，查看结果。如果不满意，重新调整所加入滤镜的类型，或调整滤镜的参数，直至满意为止。

注意：在本软件中视频特效里共包括 17 大类 128 种各式滤镜。还可以通过各种方式找到更多的特效插件来更新滤镜的种类。由于篇幅有限，我们不可能在这里将它们全部介绍。所以在本章案例中，我们主要向大家介绍一些较常用的滤镜的使用方法。我们也会在后面的章节中逐步介绍更多的优秀滤镜给大家使用。只要学会了滤镜的基本使用方法，就能够独立使用更多的滤镜制作出优秀的视频。

4.2.2　任务实现

【任务描述】

本案例使用几个简短的自然界风景画面，通过加入球面化滤镜、弯曲滤镜、马赛克滤镜以及色彩替换滤镜，使视频画面产生类似灾难来临的奇异现象，如图 4-1 所示。

【制作要点】
- 视频素材显示顺序的安排。
- 滤镜的添加。
- 滤镜参数的设置。
- 滤镜内关键帧的设置。

【实例效果】

图 4-1　实例效果

【操作步骤】

第一部分：编写故事板，导入素材。

（1）浏览已经存在的视频素材，了解每一个素材的具体内容。粗线条的设计不同素材显示的先后顺序，明确我们到底想要告诉读者什么样的一个事件。我们计划：在蓝天白云很明媚的日子，空气中忽然出现一种莫名的冲击波，大地震动，视线模糊，花瓣变色……。

（2）启动 Premiere Pro 程序，新建一个项目。文件模式为"常用"，文件名称为"异象"，打开工作窗口。

　　（3）在"项目"窗口空白处双击，导入"光盘\实例素材\第四章\异象"文件夹中全部内容到"项目"窗口中。

　　（4）将所有素材从"项目"窗口里拖拽到"时间轴"窗口中视频 1 上，排好顺序，效果如图 4-2 所示。

图 4-2　素材导入时间轴窗口

　　（5）逐个修改所有素材在节目窗口中显示比例。

　　方法：单击选中视频 1 中"蓝天红花"，在"源监视器"窗口"效果控制"选项卡下"运动"选项里，改变"比例"参数数值。如果素材宽度和高度改变比例不同，则可以将"等比"复选项前的标记去掉。原来的"比例"变更为现在的"高度比例"和"宽度比例"。将高度和宽度比例分别调整，直到素材大小刚好与节目窗口大小相同为止，如图 4-3 所示。视频中其他需要改变显示比例的素材可以使用相同的方法进行修改。

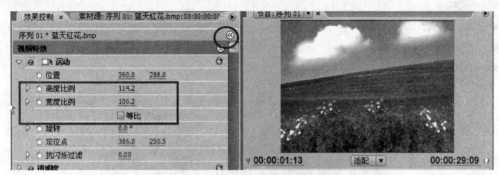

图 4-3　修改素材显示比例

　　注意：因为我们需要新生成的视频始终保持"充满监视器窗口"的显示效果，所以我们不需要在刚才的"比例"设置中增加关键帧。即在没有设置关键帧时，任何参数的修改都相当于把整段视频的参数统一发生了更改。

　　第二部分：加入"球面化"滤镜效果。

　　（6）调整"红花 2"视频在视频轨道上的显示时间为 00:00:03:00 到 00:00:09:15。

　　（7）在"红花 2"视频中加入"球面化"滤镜效果。

　　方法：在"项目"窗口下方，找到"效果"面板。单击其中的"视频特效"文件夹前的三角形展开按钮，再展开列表中"扭曲"文件夹左侧的展开按钮，显示出图 4-4 所示滤镜。

　　（8）使用鼠标拖动的方式将"球面化"滤镜拖拽到时间轴视频 1 中"红花 2"视频上，松开鼠标。

　　该视频效果会在画面进行球面凸起或凹陷变形。我们可以通过调整"半径"参数来改变变形面积的大小，也可以通过"球体中心"来改变变形发生的位置。它是随时间变化的视频效果。

　　（9）单击视频轨道上"红花 2"视频，在"源素材"窗口单击"特效控制"，切换至"视频特效"选项卡，我们刚才加入到视频中的滤镜效果已经出现在"特效控制"窗口中了，如图 4-5 所示。

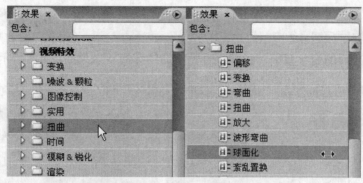

图 4-4　扭曲下的滤镜

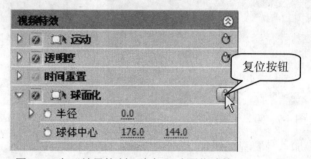

图 4-5　在"效果控制"中加入球面化滤镜

（10）单击"特效控制"窗口中"球面化"滤镜左侧的展开按钮，下方出现滤镜的两个参数"半径"和"球体中心"，我们来设置第一个关键帧。

（11）单击"效果控制"窗口右上角的箭头 ，打开"特效控制"窗口中的小型时间线。将"时间指示器"停留在 00:00:06:02 处，调节"半径"和"球体中心"两个参数内部数值：半径："0.6"；球体中心："-31.5，159.0"，打开两个参数左侧的"添加关键帧"开关 ，时间线上出现菱形的关键帧标记，如图 4-6 所示。

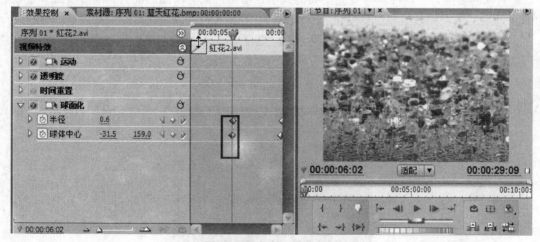

图 4-6　添加第一个关键帧

（12）添加第二个关键帧：将"时间指示器"停留在 00:00:09:10 的位置上，调节参数数值，半径："275.7"；球体中心："269.1，159.0"，则"时间指示器"相应位置上系统自动加入菱形的关键帧标记，如图 4-7 所示。

此时预览修改后的视频效果，我们会看见扭曲的花海，效果如图 4-8 所示。

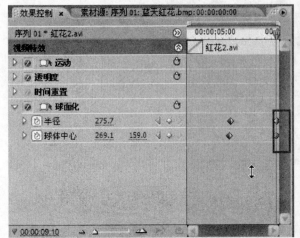

图 4-7　第二个关键帧　　　　　　　　　图 4-8　扭曲的花海

第三部分：加入马赛克滤镜。

我们试图在"花海 3"视频中加入一种可以令画面模糊的效果。"马赛克"滤镜可以帮助我们实现这一设想。

（13）调整"花海 3"素材在视频 1 中的显示时间为 00:00:09:16 到 00:00:15:00。

（14）加入马赛克效果：在"效果"面板中单击"视频特效"文件夹展开按钮，选择"风格化"滤镜下面的"马赛克"滤镜。使用鼠标拖动的方式将"马赛克"滤镜拖拽到时间轴视频 1 中"花海 3"素材上，松开鼠标。

该视频效果按照画面出现颜色层次，采用马赛克镶嵌图案代替原画面中的图像。通过水平、垂直块的多少，可以控制马赛克图案的大小，以保持原有画面的面目。同时可选择较锐利的画面效果。该视频效果随时间变化。

（15）单击时间轴上"花海 3"素材，在"源素材"窗口的"效果控制"里"视频特效"选项卡中，我们刚才加入到视频中的"马赛克"滤镜效果已经出现在"视频特效"里。打开"马赛克"滤镜展开按钮，它的下面有 3 个参数，如图 4-9 所示。

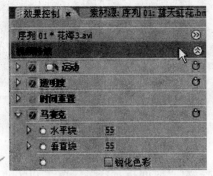

图 4-9　"马赛克"滤镜的 3 个参数

（16）设置第一个关键帧：单击"效果控制"窗口右上角的箭头 ，打开"效果控制"窗口中的小型时间线。将"时间指示器"停留在 00:00:11:16 处，调节"水平块"和"垂直块"两个参数内部数值同为"13"。打开两个参数左侧的"添加关键帧"开关 ，时间线上出现菱形的关键帧标记，如图 4-10 所示。

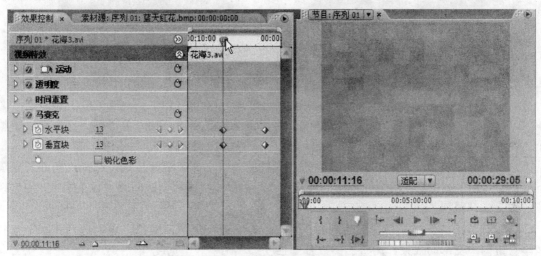

图 4-10　添加第一个关键帧

（17）添加第二个关键帧：将"时间指示器"停留在 00:00:14:04 的位置上，调节参数数值，"水平块"和"垂直块"同为"200"。"时间指示器"在相应位置上系统自动加入菱形的关键帧标记，如图 4-11 所示。

此时预览修改后的视频效果，会看见发生马赛克变化的模糊的花海，效果如图 4-12 所示。

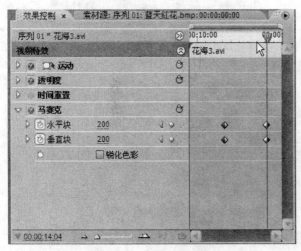

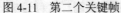

图 4-11　第二个关键帧

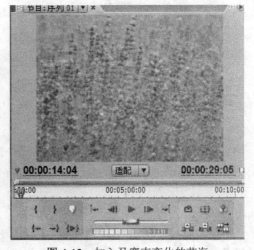

图 4-12　加入马赛克变化的花海

在本滤镜中，我们也可以加入"锐化色彩"复选框，效果如图 4-13 和图 4-14 所示。

图 4-13　未选择"锐化色彩"

图 4-14　选择"锐化色彩"

第四部分：加入"弯曲"滤镜。

我们想在"花海"视频中加入大地震动扭曲的效果。"弯曲"滤镜可以实现这种效果。

（18）调整"花海"素材在视频 1 中的显示时间为 00:00:15:01 到 00:00:20:21。

（19）加入弯曲效果：在这一部分仅仅将滤镜参数改变，不加入关键帧，这样可以使整个"花海"视频保持等幅度的弯曲效果。

（20）在"特效"面板中单击其中的"视频特效"文件夹展开按钮，选择"扭曲"滤镜下面的"弯曲"滤镜。使用鼠标拖动的方式将"弯曲"滤镜拖拽到时间轴视频 1 中"花海"视频位置上松开鼠标，如图 4-15 所示。

该视频效果的作用是将视频的画面在水平或垂直方向上弯曲变形。可以选择在水平方向和垂直方向中变形的效果。调整的参数有"强度"、"比率"、"宽度"。

（21）单击选中时间轴视频 1 上"花海"视频，在"源素材"窗口单击"效果控制"，切换至"视频特效"选项卡，我们刚才加入到视频中的"弯曲"滤镜效果已经出现在"效果控制"窗口中。打开"弯曲"滤镜展开按钮，它的下面有 6 个参数，如图 4-16 所示。我们修改 6 个参数数值设置弯曲效果。

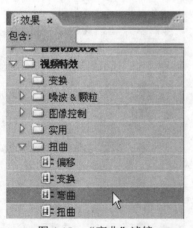
图 4-15　"弯曲"滤镜

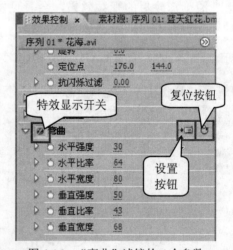
图 4-16　"弯曲"滤镜的 6 个参数

我们还可以单击"设置按钮"　，弹出"弯曲设置"对话框设置滤镜参数，效果如图 4-17 所示。只需要改变滑块的位置，参数就更改完毕，并且显示效果图。这种设置参数的方法更加直观、方便。

如果在更改参数的过程中，想要恢复初始设置，可以使用"复位"按钮　。

预览修改后的视频效果，我们看见扭曲的花海画面，效果如图 4-18 所示。

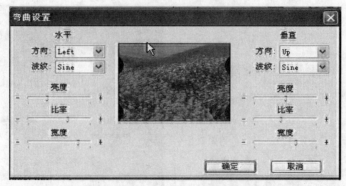

图 4-17　"弯曲设置"对话框

图 4-18　扭曲的花海

第五部分：加入"色彩替换"滤镜。

使用"色彩替换"滤镜实现将"桃花"视频中的粉红花瓣变成灰白色花瓣的效果。

（22）加入"色彩替换"效果：在"效果"面板中单击其中的"视频特效"文件夹展开按钮，选择"图像控制"滤镜下面的"色彩替换"滤镜。使用鼠标拖动的方式将"色彩替换"滤镜拖拽到时间轴视频 1 中"桃花"素材上松开鼠标。

该视频效果能够将一个视频剪辑中某一指定单一颜色转化为另外一种颜色。

可以使用该效果来强调剪辑的某个特定区域。

方法：通过用吸管工具在原始画面上吸取一种颜色作为目标颜色，另外指出替换色。通过改变"相似性"数值可以改变被替换颜色的使用范围。

（23）单击时间轴上"桃花"素材，在"源素材"窗口的"效果控制"里"视频特效"选项卡中，我们刚才加入到视频中的"色彩替换"滤镜效果已经出现在"视频特效"里。打开"色彩替换"滤镜展开按钮，它的下面有 3 个参数，如图 4-19 所示。

（24）设置第一个关键帧。单击"效果控制"窗口右上角的箭头，打开"效果控制"窗口中的小型时间线。将"时间指示器"停留在 00:00:21:14 处，调节"相似性"：0，打开参数左侧的"添加关键帧"开关，时间线上出现菱形的关键帧标记，如图 4-20 所示。"目标色"使用吸管吸取原图中的"粉红"，"替换色"更改为"灰白色"。

图 4-19 "色彩替换"滤镜的 3 个参数

图 4-20 添加第一个关键帧

（25）添加第二个关键帧：将"时间指示器"停留在 00:00:28:03 的位置上，调节"相似性"：55。"时间指示器"在相应位置上系统自动加入菱形的关键帧标记，如图 4-21 所示。

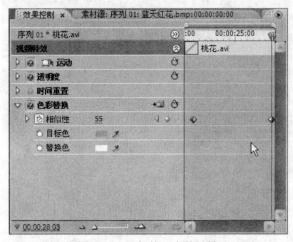

图 4-21 添加第二个关键帧

此时预览修改后的视频效果，我们会看见桃花花瓣从粉红色改变为灰白色，效果如图 4-22 所示。

图 4-22 色彩替换滤镜加入前后视频的变化

第六部分：加入视频转场效果。

（26）将"叠化"转场效果加入到每两个视频之间。

方法：找到"效果"面板中的"视频切换效果"文件夹，打开其中"叠化"场景切换效果。将其中叠化效果拖放到两个图片素材中间，出现场景切换效果标记 叠化 。我们可以不对叠化转场效果再进行详细的设置，它将保持最基本的参数。

预览编辑好的视频，对不满意的地方随时进行更改，力求完美。

4.3　任务二：暴风骤雨

4.3.1　相关知识

（1）在"效果控制"窗口中，每一种特效的前面都有一个 按钮，这是"特效显示开关"按钮。它的用处在于：当 标记显示时，它后面的特效就会在视频中显示。当单击此按钮，按钮被隐藏起来，对应的特效也被隐藏。标记如图 4-23 所示。

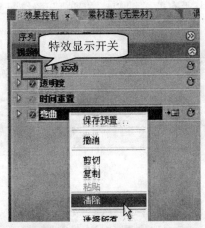

图 4-23　删除滤镜的方法

（2）滤镜的删除：在"效果控制"选项卡下找到需要删除的滤镜，右击，在弹出的快捷菜单中选择"清除"命令，则该滤镜效果被删除，效果如图 4-23 所示。

（3）删除多余关键帧的几种方法：

1）单击需要删除的关键帧，结合键盘上 Del 键。

2）右击需要删除的关键帧，在快捷菜单中选择"清除"命令，如图 4-24 所示。

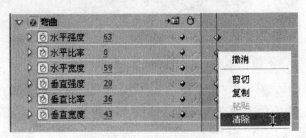

图 4-24　删除关键帧

3）单击"添加/删除关键帧"标记 ◆。在当前的时间点上，如果还没有关键帧，系统就自动添加关键帧。如果已经存在关键帧，则实施删除操作，如图 4-25 所示。

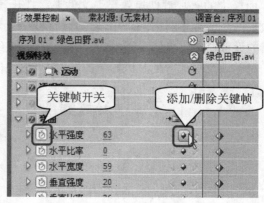

图 4-25　删除关键帧

4）单击关键帧开关 ◎，如图 4-25 所示，弹出"警告"对话框，如图 4-26 所示，单击"确定"按钮，系统自动删除一行中所有的关键帧。关键帧开关恢复到初始状态 ◎，效果如图 4-27所示。

图 4-26　"警告"对话框

图 4-27　"水平强度"关键帧被删除

（4）所有的视频滤镜效果都可以被添加到任意视频轨道之上。当有多个视频轨道内容进行叠加时，视频 1 轨道内容处于所有视频的最底层，轨道号越大的视频显示在越上层。下层的视频将被上层的视频遮盖。

（5）避免在同一段视频中加入过多的滤镜效果、设置太多的关键帧，造成不必要的混乱。我们可以将一段较长时间的视频使用剃刀工具分割成若干小段视频，只在每一小段视频中添加1～2种特效。

（6）视频编辑基本工具的使用。

1）轨道锁定开关🔒：同 Photo 中一样，出现锁头的标记是指系统把对应轨道内的素材锁定，使之不允许被修改，如图 4-28 所示，被锁定的轨道被灰色斜线覆盖。单击去掉锁头标记则对应轨道内的素材内容可以被修改。

图 4-28　轨道输出开关和轨道锁定开关

2）轨道输出开关👁：出现"眼睛"标志表示轨道内的内容可以在节目中输出；单击开关去掉"眼睛"标志以后，该轨道的内容不被输出，效果如图 4-28 所示。

图 4-29　折叠轨道标记、显示关键帧标记

3）折叠轨道标记：单击三角形可以展开轨道，显示轨道内更具体的内容，如图 4-29 所示。

4）显示关键帧标记：单击"显示关键帧"标记，在出现的菜单中选择相应项目，可以实现在视频轨道中方便地观察关键帧的作用（素材上的黄色或蓝色的横线即为关键帧控制线，表示关键帧的状态），效果如图 4-30 所示。

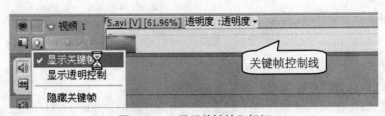

图 4-30　"显示关键帧"标记

4.3.2　任务实现

【任务描述】

本案例是在自然界风景视频中，通过加入闪电滤镜、色彩平衡（HLS）滤镜，使视频画面产生暴雨来临的效果，如图 4-31 所示。

【制作要点】

● 滤镜的选择、添加。

● 滤镜参数的设置。

- 滤镜内关键帧的设置。

【实例效果】

图 4-31　实例效果

【操作步骤】

第一部分：编写故事板，导入素材。

（1）浏览视频素材，初步设计故事板：在大海上，闪电肆虐，天空颜色变黑变暗，大雨即将来临……。

（2）启动 Premiere Pro 程序，新建一个项目。文件模式为"常用"，文件名称为"暴风骤雨"，打开工作窗口。

（3）在"项目"窗口空白处双击，导入"光盘\实例素材\第四章\暴风骤雨"文件夹中 5.avi 到"项目"窗口中。

（4）将素材从项目窗口里拖拽到"时间轴"窗口中视频 1 上，效果如图 4-32 所示。

图 4-32　素材导入时间轴窗口

（5）检查素材在节目窗口中显示比例。

第二部分：加入"闪电"滤镜效果。

（6）调整 5.avi 视频在视频轨道上的显示时间为 00:00:00:00 到 00:00:26:20。

（7）我们要在 5.avi 视频中加入"闪电"滤镜效果。

方法：在"项目"窗口下方，找到"效果"面板。单击其中的"视频特效"文件夹前的三角形展开按钮，再单击展开列表中"生成"文件夹左侧的展开按钮，显示出图 4-33 所示滤镜。

（8）使用鼠标拖动的方式将"生成"中"闪电"滤镜拖拽到时间轴视频 1 中的 5.avi 视频上，松开鼠标。

该视频效果会再添加一条闪电，它是随时间变化的视频效果。

（9）单击视频轨道上的 5.avi 视频，在"源素材"窗口单击"特效控制"，切换至"视频特效"选项卡，刚才加入到视频中的滤镜效果已经出现在"特效控制"窗口中了，如图 4-34 所示。

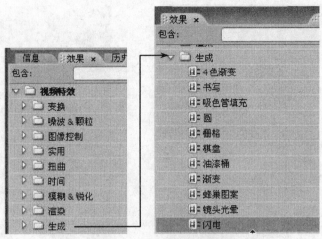

图 4-33 "生成"下的滤镜

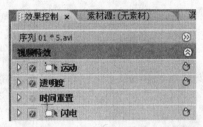

图 4-34 在"效果控制"中加入闪电滤镜

（10）单击"效果控制"中"闪电"滤镜左侧的展开按钮，下方出现滤镜的许多参数。我们可以通过滑块的滑动来浏览、设置其中参数。我们来设置第一个关键帧。

（11）单击"效果控制"窗口右上角的箭头 ，打开"效果控制"窗口中的小型时间线。我们要将闪电在视频刚开始的时候就加入。将"时间指示器"停留在 00:00:00:00 处，调节其中具体数据。打开前 5 个重要参数左侧的"添加关键帧"开关 ，时间线上会出现菱形的关键帧标记，如图 4-35 所示。

（12）添加第二个关键帧：将"时间指示器"停留在 00:00:26:08 的位置上，调节其中具体数据，如图 4-36 所示，则"时间指示器"相应位置上系统自动加入菱形的关键帧标记。

此时预览修改后的视频效果，我们会看见闪电效果被添加到视频中，效果如图 4-37 所示。

第三部分：加入"色彩平衡"（HLS）滤镜。

我们希望在视频中加入一种"天昏地暗"的效果。

（13）加入"色彩平衡"（HLS）效果：在"效果"面板中单击"视频特效"文件夹展开按钮，选择"色彩校正"滤镜下面的"色彩平衡"滤镜。使用鼠标拖动的方式将"色彩平衡"滤镜拖拽到时间轴视频 1 中的 5.avi 素材上，松开鼠标。

此种效果主要运用于调整视频画面中的颜色、亮度和色相等。该视频效果随时间变化。

（14）单击时间轴上素材，在"源素材"窗口的"效果控制"里的"视频特效"选项卡中，我们刚才加入到视频中的"色彩平衡"滤镜效果已经出现在"视频特效"里，打开"色彩平衡"滤镜的展开按钮，它的下面有 3 个参数，如图 4-38 所示。

图 4-35 "闪电"第一个关键帧的设置

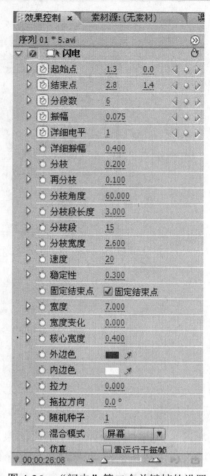

图 4-36 "闪电"第二个关键帧的设置

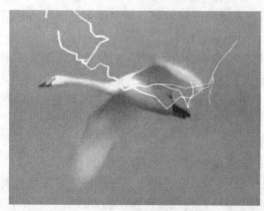

图 4-37 加入闪电滤镜效果

图 4-38 "色彩平衡"滤镜的 3 个参数

我们可以将该滤镜设置 3 个关键帧。

（15）设置第一个关键帧。单击"效果控制"窗口右上角的箭头 ，打开"效果控制"窗口中的小型时间线。将"时间指示器"停留在 00:00:00:12 处，调节"色相"：4.5；"亮度"：-2.6；"饱和度"：-3.5。打开 3 个参数左侧的"添加关键帧"开关 ，时间线上出现菱形的关

键帧标记，如图 4-39 所示。

（16）添加第二个关键帧：将"时间指示器"停留在 00:00:02:12 的位置上，调节"色相"：22.9；"亮度"：-13.6；"饱和度"：-17.8。"时间指示器"在相应位置上系统自动加入菱形的关键帧标记，如图 4-40 所示。

图 4-39　添加第一个关键帧

图 4-40　添加第二个关键帧

（17）添加第三个关键帧：将"时间指示器"停留在 00:00:05:11 的位置上，调节"色相"：17.8；"亮度"：-59.0；"饱和度"：-2.0。"时间指示器"在相应位置上系统自动加入菱形的关键帧标记，如图 4-41 所示。

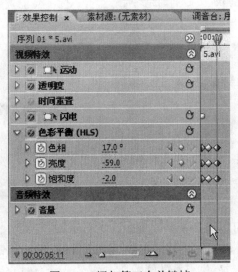

图 4-41　添加第三个关键帧

此时预览修改后的视频效果，我们会看见天空色彩变化的视频，效果如图 4-42 所示。

图 4-42　加入"颜色平衡"滤镜前后效果

4.4　任务三：雨过天晴

4.4.1　相关知识

Premiere Pro CS3 的工具条是一个独立的活动窗口，单独显示在工作界面上，提供最常用的工具，如图 4-43 所示。

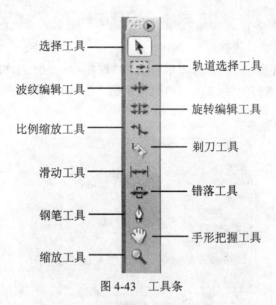

选择工具————
————轨道选择工具
波纹编辑工具————
————旋转编辑工具
比例缩放工具————
————剃刀工具
滑动工具————
————错落工具
钢笔工具————
————手形把握工具
缩放工具————

图 4-43　工具条

- 选择工具：用于对素材进行选择、移动，并可以调节素材关键帧、为素材设置入点和出点。
- 轨道选择工具：可以选择某条轨道上的所有素材。
- 波纹编辑工具：可以拖动素材的出点以改变素材的长度，相邻素材的长度不变。视频总长度改变。
- 旋转编辑工具：在需要剪辑的素材边缘拖动，可以将添加到该素材的帧数在相邻的素材中减去，视频的总长度不变。
- 比例缩放工具：调整素材的播放速度，改变素材长度。

- 剃刀工具：将素材分成两端，产生新的入点和出点。
- 滑动工具：同时改变某一素材的入点和出点，保持素材总长度不变，不影响相邻素材。
- 错落工具：保持要剪辑的素材入点和出点不变，通过相邻素材的入点和出点的改变，更改其在时间轴窗口的位置，总视频长度不变。
- 钢笔工具：主要用来设置素材的关键帧。
- 手形把握工具：用于改变时间轴窗口的可见区域。
- 缩放工具：用来调整时间轴窗口显示的单位比例。Alt 键可以在放大、缩小模式间切换。

上面的这些工具可以在平时的操作中不断尝试使用。工具的使用会提高我们编辑视频的速度，提高工作效率。

4.4.2 任务实现

【任务描述】

本案例使用几个风景画面，通过加入渐变滤镜、镜头光晕滤镜、镜像滤镜以及浮雕滤镜，使视频画面产生雨过天晴景象，效果如图 4-44 所示。

【制作要点】

- 视频素材显示顺序的安排。
- 滤镜的添加。
- 滤镜参数的设置。
- 滤镜内关键帧的设置。

【实例效果】

图 4-44 实例效果

【操作步骤】

第一部分：编写故事板，导入素材。

（1）浏览已经存在的视频素材，了解每一个素材的具体内容。粗线条设计素材显示顺序。故事板：天空由阴暗转为出现红霞；有明亮的光晕在空中快速移动；镜像中呈现鸟儿双飞的景象；海龟和小鱼渐渐化为化石……。

（2）启动 Premiere Pro 程序，新建一个项目。文件模式为"常用"，文件名称为"雨过天晴"，打开工作窗口。

（3）在"项目"窗口空白处双击，导入"光盘\实例素材\第四章\雨过天晴"文件夹中"5"、"8"、"9"视频和 DSCN2335 图片内容到"项目"窗口中。

（4）将所有素材从"项目"窗口里拖拽到"时间轴窗口"中视频 1 上，排好顺序，效果如图 4-45 所示。

图 4-45　素材导入时间轴窗口

（5）逐个修改所有素材在节目窗口中显示比例。

方法：单击选中视频 1 中的 DSCN2335 素材，在"源监视器"窗口"效果控制"选项卡下"运动"选项里，改变"比例"参数数值，直到素材大小刚好与节目窗口大小相同为止。视频中其他需要改变显示比例的素材可以使用相同的方法进行修改。

第二部分："渐变"滤镜的应用。

在视频中设置较阴暗的颜色，然后天色逐渐放亮，出现红霞。

（6）改变 DSCN2335 素材的显示时间长度。

DSCN2335 图片引入时间轴窗口中，显示时间默认为 3 秒，这个显示时间的长度在本视频中太短。我们可以使用波纹编辑工具 ⊕ 来增加该图片的时长。这并不会影响后面视频的内容，将素材显示长度改为 00:00:07:06。

鼠标单击工具栏上的波纹编辑工具 ⊕ ，将变形后的鼠标移动到 DSCN2335 图片出点处。使用鼠标拖拽的方法向右拖动图片出点，图片的显示时间加长，后面的视频后移，整个视频的时间变长。

注意：当使用波纹编辑工具的时候，素材的显示速度会随之发生变化。因为我们这次操作的对象是一幅静态素材，所以观察不到这一变化。如果使用到一个动态的素材之上，素材显示时间变长，它的播放速度就一定会降低；反之，显示时间变短，播放速度会提高。

（7）在"效果"面板中的"视频特效"文件夹里，将"生成"滤镜中"渐变"滤镜拖拽到时间轴视频 1 的 DSCN2335 上，松开鼠标。

该视频效果主要用于为素材设置场景切换效果，起到蒙板的作用。

（8）在"源素材"窗口中单击"效果控制"，"渐变"特效已经出现在窗口中，当前节目窗口显示出渐变特效的状态，如图 4-46 所示。如果操作者的节目窗口并没显示正确的图案，就检查一下时间轴时间指示器的当前位置是不是在 DSCN2335 上。因为节目窗口显示的内容永远都以时间轴时间指示器所在位置为标准。

"渐变"滤镜内包含 7 个参数：渐变开始；开始色；渐变结束；结束色；渐变形状；渐变扩散；与原始素材混合。

（9）设置第一个关键帧。单击"效果控制"窗口右上角的箭头 ⊚ ，打开"效果控制"窗口中的小型时间线。将"时间指示器"停留在 00:00:00:00 处，调节参数的数值：渐变开始（1600.0，0.0）；开始色（深灰）；渐变结束（0.0，1200.0）；结束色（浅灰）；渐变形状（线性渐变）；渐变扩散（5.0）；与原始素材混合（50.0）。

"与原始素材混合"的作用：设置渐变蒙板的透明程度。数值越大，原图像越清晰。

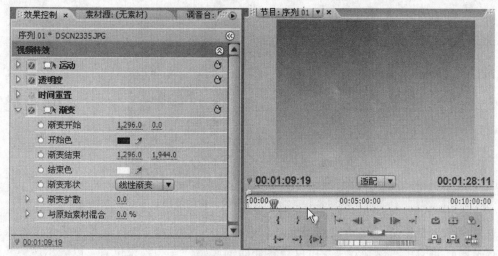

图 4-46　添加渐变特效

打开所有关键帧开关，时间线上出现菱形的关键帧标记，如图 4-47 所示。

（10）设置第二个关键帧。将"时间指示器"停留在 00:00:06:09 处，调节参数的数值：
渐变开始（1600.0，0.0）；开始色（粉红）；渐变结束（0.0，600.0）；结束色（白）；渐变形状
（线性渐变）；渐变扩散（5.0）；与原始素材混合（80.0）。

系统自动添加关键帧，如图 4-48 所示。

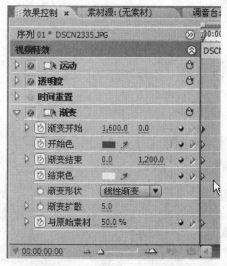

图 4-47　添加第一个关键帧

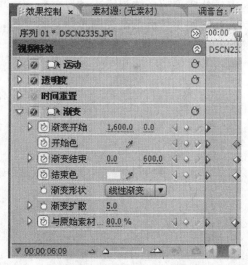

图 4-48　添加第二个关键帧

在节目窗口中查看结果如图 4-49 所示。加入渐变滤镜以后，图片的颜色由灰黑色调渐渐
转向晴朗的天色。

第三部分："镜头光晕"滤镜的应用。

希望达到的实例效果：一道明亮的光晕滑过天空，天空晴朗。

（11）在"效果"面板中的"视频特效"文件夹里，将"生成"滤镜中"镜头光晕"滤镜
拖拽到时间轴"8"视频上，松开鼠标。

图 4-49　加入渐变蒙板滤镜的效果

此视频效果能够通过透镜过滤出光环，并选用不同强度的光从画面的某个位置放射出来，它是随时间变化的视频效果。可以设定光照的起始位置和结束位置，以表示透镜光源移动的过程。

（12）将时间轴中时间指示器移动到"8"素材上。单击"8"素材，在"源素材"窗口"效果控制"选项卡中，"镜头光晕"滤镜已经出现在窗口中，如图 4-50 所示。

"镜头光晕"滤镜共有 4 个参数：

1）光晕中心的改变通常是用来控制光晕运动的。

2）光晕亮度用来调节光晕的明暗度。

3）镜头类型通常选择"50-300mm"不必改变。

4）与原始素材混合是控制光晕透明度的。当混合度为 100 时，光晕消失。

（13）设置关键帧：效果如图 4-51 所示。

图 4-50　镜头光晕滤镜

图 4-51　3 个关键帧的设置

1）设置第一个关键帧。单击"效果控制"窗口右上角的箭头 ◎，打开"效果控制"窗口中的小型时间线。将"时间指示器"停留在 00:00:07:06 处。光晕中心：191.0，359.4；光晕亮度：83；打开 2 个关键帧开关。时间线上出现菱形的关键帧标记。

2）设置第二个关键帧。将"时间指示器"停留在 00:00:09:07 处，光晕中心：319.0，282.3；系统自动添加关键帧。

3）设置第三个关键帧。将"时间指示器"停留在 00:00:11:07 处，光晕中心：589.0，237.4；光晕亮度：100。系统自动添加关键帧。

查看生成的效果如图 4-52 所示。

图 4-52　镜头光晕效果

第四部分：加入"镜像"滤镜效果。

计划效果：鸟儿和小鱼成双出现。

（14）在"效果"面板中的"视频特效"文件夹里，将"扭曲"滤镜中的"镜像"滤镜拖拽到时间轴"5"视频上，松开鼠标。

该视频效果能够使画面出现对称图像，它在水平方向或垂直方向取一个对称轴，将轴一边的图像保持原样，另一边的图像按左边图像对称的补充，如同镜面方向效果。

（15）将时间轴中"时间指示器"移动到"5"素材上。单击"5"素材，在"源素材"窗口的"效果控制"选项卡中，"镜像"滤镜已经出现在窗口中，如图 4-53 所示。"镜像"滤镜共有 2 个参数，即反射中心和反射角度。

（16）设置关键帧：效果如图 4-54 所示。

图 4-53　"镜像"滤镜

图 4-54　2 个关键帧的设置

1）设置第一个关键帧。单击"效果控制"窗口右上角的箭头，打开"效果控制"窗口中的小型时间线。将"时间指示器"停留在 00:00:29:07 处。反射中心：712.9，279.7；反射角度：11.3；打开 2 个关键帧开关。时间线上出现菱形的关键帧标记。

2）设置第二个关键帧。将"时间指示器"停留在 00:00:33:20 处，反射中心：685.0，247.0；反射角度：64.0；系统自动添加关键帧。

查看生成的效果如图 4-55 所示。

图 4-55　"镜像"滤镜效果

第五部分：加入"浮雕"滤镜效果。

我们设计在海龟和小鱼游泳的过程中，图像发生变化：所有的事物慢慢变成灰白化石样的浮雕。

（17）在"效果"面板中的"视频特效"文件夹里，将"风格化"滤镜中的"浮雕"滤镜拖拽到时间轴"9"视频上，松开鼠标。

该视频效果根据当前的色彩走向将颜色淡化，主要用灰度来刻画画面，形成浮雕效果。

（18）将时间轴中时间指示器移动到"9"素材上。单击"9"素材，在"源素材"窗口"效果控制"选项卡中，"浮雕"滤镜已经出现在窗口中。"浮雕"滤镜共有 4 个参数。

（19）设置关键帧：效果如图 4-56 和图 4-57 所示。

1）设置第一个关键帧。单击"效果控制"窗口右上角的箭头，打开"效果控制"窗口中的小型时间线。将"时间指示器"停留在 00:00:44:20 处。方向：5.2；起伏：0.04；对比度：4；与原始素材混合：100。打开 4 个关键帧开关。时间线上出现菱形的关键帧标记。

2）设置第二个关键帧。将"时间指示器"停留在 00:00:53:08 处，方向：45；起伏：1；对比度：100；与原始素材混合：0。系统自动添加关键帧。

图 4-56　第一个关键帧的设置

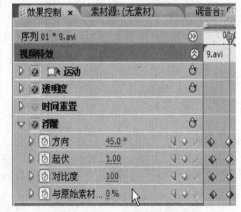

图 4-57　第二个关键帧的设置

查看生成的效果如图 4-58 所示。

图 4-58　浮雕效果

4.5　分组简介各类视频特效

4.5.1　相关知识

1．新建容器的方法

在"效果"面板中新建容器，以便按需要重新归类各种效果，步骤如下：

（1）在"效果"面板中右下角，有 ◪ 标志。单击该标志，可以创建一个新的容器，用来存放用户常用的各种效果，如图 4-59 和图 4-60 所示。

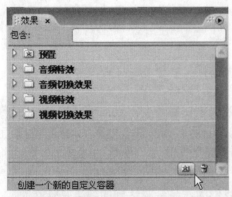

图 4-59　创建"新自定义容器"按钮

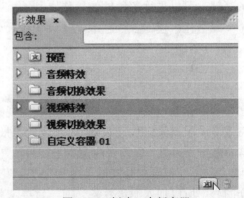

图 4-60　创建一个新容器

（2）为新容器改名。

（3）将需要的滤镜效果拖拽到该容器之中。

（4）查看新容器内容。

2．删除不需要的容器

（1）选择该容器。

（2）单击面板底部的 ◪ 删除按钮。

3．自动保存设置

任何文件编写后，最重要的是将结果及时保存。Premiere Pro 同样为我们准备了可自动保存的功能：选择"编辑"→"参数"→"常规"命令，弹出"参数"对话框。在该对话框的"自动保存"下，用户可以根据需要自己修订自动存盘的间隔时间，系统默认时间是 20 分钟。

4.5.2　17 类视频特效

- 变换：产生各种特殊的变形效果。
- 噪波&颗粒：用于在视频中添加干扰，制作特效。
- 图像控制：用来对图像进行色彩调整。
- 实用：将视频还原以适应电影播放需要。
- 扭曲：创建出各种变形效果。
- 时间：用于控制层素材的计时，只能应用到视频片段。
- 模糊&锐化：模糊是根据图像的相邻像素进行计算，产生使影像模糊的效果。可以用来模仿摄像机变焦效果。锐化效果使影像更加清晰化。
- 渲染：创建椭圆遮罩。
- 生成：可以在素材上创建具有特色的图形或渐变颜色，并可以于素材合成。
- 色彩校正：调节视频的颜色中各相关选项。
- 视频：用于在视频中加入时间码。
- 调节：可以将素材进行颜色的调整，可以与 Photo 共享颜色调整参数。
- 过渡：在不同的视频进行场景切换时使用。
- 透视：通过先建立一个三维空间，然后模仿在三维空间中对对象的操作。
- 通道：控制图像各通道的操作，如颜色的组成、颜色的属性、图像的透明度等。
- 键：可以进行各种抠像操作。
- 风格化：模仿各种艺术手法改变视频。

4.6　小结

在影视制作中，我们可以通过应用各种视频效果来使影片变得更加生动有趣，绚丽多彩。视频特效有助于渲染影片气氛。例如像著名的张艺谋导演制作的许多电影生动唯美的画面都是与这些特效分不开的。但值得注意的是，加入更多的特效与影片有更好的效果二者之间并不成正比例。例如：一部题材朴实的电影如果加入花样繁琐的特效就不如遵循它原本的画面更能打动观众的心。所以加入滤镜效果之前一定要清楚我们的作品希望达到的效果是什么！

另外，在视频中对一种滤镜需要设置几个关键帧没有具体限制。关键帧设置的数量越多，效果控制得越细腻，但发生差错的可能性也越大。

4.7　课后练习

1. 根据教师所给出的素材，制作"隐藏"视频。

要求：将视频中的老人的面部使用马赛克进行动态的隐藏。

思考：如果在一段视频中出现了需要遮挡的区域，即我们平时所接触到的需要设置"马赛克"区域，我们该如何实现这一操作？

素材来源：光盘\实例素材\第四章\隐藏。

要求：熟练掌握加入滤镜和设置关键帧的方法。影片中滤镜的选择要合理。

特别提示：

（1）本题目会用到两个视频轨道。

（2）将一个不断运动的马赛克图像放置在视频 2 里，使之遮盖住视频 1 的内容，效果如图 4-61 所示。

图 4-61　"隐藏"效果

　　这个效果需要学生会使用"马赛克"滤镜，并能够熟练使用"特效控制"中"运动"选项里"位置"参数的关键帧设置，才可以实现。

2．如果希望在视频中添加多道闪电，我们该如何实现这一操作？制作这个题目。

特别提示：本题目可以加入多个闪电滤镜来实现，从而呈现多道闪电的效果。在"效果"中，不同的闪电是可以在不同时间出现的，可以通过闪电关键帧的设置实现。

3．根据教师所给出的素材制作"花开的声音"，实例效果如图 4-62 所示。

素材来源：光盘\实例素材\第四章\花开的声音。

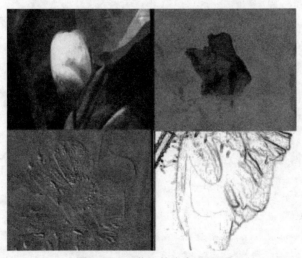

图 4-62　"花开的声音"效果

特别提示：

（1）本题目应该在视频中使用 4 个视频轨道，通过改变每个视频显示比例大小、位置来实现实例效果。

（2）统一 4 个视频显示时间长度。

（3）在效果中，4 种不同的效果分别是"风格化"滤镜下的浮雕、海报、曝光过渡及查找边缘滤镜。学生可以通过自学尝试将三种新滤镜加入到视频中。

第 5 章 字幕的制作

5.1 本章目的及任务

5.1.1 本章目的

- 字幕窗口
- 制作静态字幕、动态字幕的一般流程
- 静态字幕、动态字幕属性中各项参数的使用
- 在字幕中使用滤镜效果
- 在字幕中加入场景切换效果
- 标记的应用

5.1.2 本章任务

本章包含如下四个任务：
任务一：静态字幕"鸟岛之行"
任务二：静态字幕"海洋动物"
任务三：动态字幕"妈妈的吻 MTV1"
任务四：动态字幕"妈妈的吻 MTV2"

5.2 任务一：静态字幕"鸟岛之行"

5.2.1 相关知识

字幕窗口结构如图 5-1 所示。
我们将在后面的章节中具体了解字幕窗口中各个功能的作用。

5.2.2 任务实现

【任务描述】
使用字幕的基本制作方法为电子相册"鸟岛之行"添加字幕效果，效果如图 5-2 所示。
【制作要点】
- 静态字幕制作的方法。
- 字幕属性的设置，字幕安全区的设置。
- 辉光滤镜的使用。

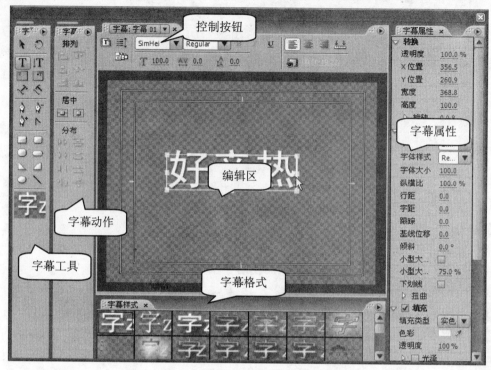

图 5-1　字幕窗口

【实例效果】

图 5-2　实例效果

【操作步骤】

第一部分：导入素材，制作电子相册。

设计思路：将鸟岛的相关图片制作成简单的电子相册，为电子相册添加字幕。

（1）启动 Premiere Pro 程序，新创建"鸟岛之行"项目。文件模式为"常用"，打开工作窗口。

（2）在"项目"窗口空白处双击，导入"光盘\实例素材\第五章\鸟岛之行"文件夹中相关图片到"项目"窗口中。

（3）将所有素材从"项目"窗口里拖拽到"时间轴窗口"中视频 1 上，排好顺序。

（4）逐个修改所有素材在节目窗口中的显示比例。

方法：单击视频 1 中单个素材，在"源监视器"窗口"效果控制"选项卡下"运动"选项里，改变"比例"参数数值，直到素材大小刚好与节目窗口大小相同为止。视频中其他需要改变显示比例的素材可以使用相同的方法进行修改。

（5）在节目窗口中预览素材比例的修改情况。

第二部分：创建字幕。

在默认的 Premiere 界面中，字幕窗口是关闭的。打开字幕设计窗口的方法如下：

（6）在菜单栏"字幕"下拉菜单中选择"新建字幕"里的"默认静态字幕"，打开"新建字幕"对话框，如图 5-3 和图 5-4 所示。

图 5-3　打开"字幕"窗口方式　　　　　　　　图 5-4　"新建字幕"对话框

（7）为新建立的字幕起名"鸟岛之行"，打开字幕编辑窗口，效果如图 5-5 所示。在字幕制作窗口中间的区域即为字幕编辑区域。

图 5-5　字幕编辑窗口

（8）在字幕创建窗口的控制按钮区，有 ▨ 按钮，这是用来设置动态字幕的。现在先学习如何创建静态字幕，所以不改变 ▨ 内的设置，如图 5-6 所示。

（9）在字幕编辑区中，系统自动显示当前节目窗口中的视频内容为背景。这有时会让我们在编辑字幕时感觉屏幕太乱。在编辑区右上方有一个 ▨ 按钮，它可以控制字幕编辑区内视频背景是否需要显示。单击该按钮的方法，可以完成"加入/去除背景"的操作。字幕窗口效果如图 5-6 所示。

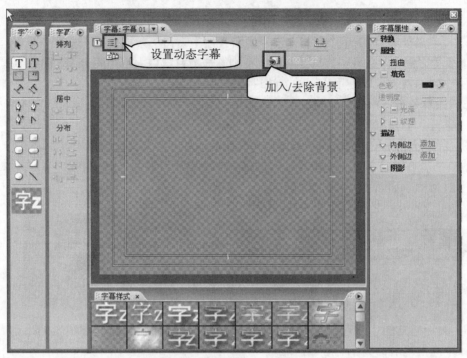

图 5-6　关闭背景后的字幕窗口

（10）单击窗口左侧的工具箱内 T 文本按钮，将鼠标移动到字幕编辑区，光标变为"T"状。在编辑区适当的位置单击，出现闪烁的光标，效果如图 5-7 所示。

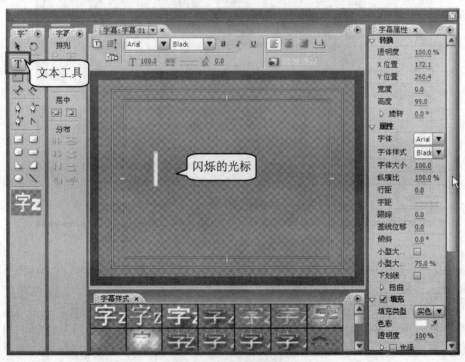

图 5-7　出现闪烁的光标

（11）如果此时不对字体进行设置，而直接输入中文，则会出现各种奇怪的错误符号。此时需要为即将生成的字幕选择一种字体。窗口中有 3 个位置可以选择字体，如图 5-8 所示。

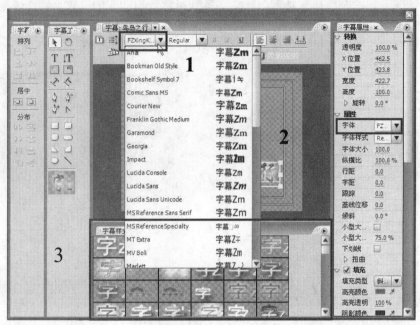

图 5-8　修改字体的方法

- 在图 5-8 中"1"和"2"所示的区域内，单击其右侧的下拉按钮，都可以打开一个下拉菜单。在下拉菜单中选择一种喜欢的字体来输入字幕。
- 在图 5-8 中"3"所示的区域内，有一些软件自带的字幕样式。它们具有现成效果，我们只要单击任意一种样式，就可以在编辑区内编辑出同样效果的字幕。

（12）单击选择字幕样式中第三列、第六行的"方正行楷"样式。

（13）将鼠标移动到字幕编辑区，输入"鸟岛之行"，我们看见有着高亮、阴影并且发光的文字出现在窗口中，如图 5-9 所示。

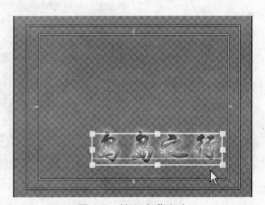

图 5-9　输入字幕文字

（14）根据作者喜好，在字幕属性中调整字体大小、字距、行距、倾斜等相关选项，如图 5-10 所示。

（15）将"时间轴"窗口中的时间指示器移动到需要加入"鸟岛之行"字幕的视频处，单击字幕编辑区右上方 ⬛ 按钮，显示字幕的视频背景。

（16）单击工具栏内选择工具 🖰，移动字幕到与背景相匹配的位置上，完成字幕的创建，关闭字幕创建窗口。

在"项目"窗口中，可见"鸟岛之行"字幕已经存在，效果如图 5-11 所示。

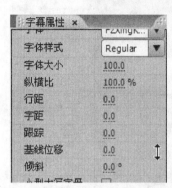

图 5-10　调整字幕属性

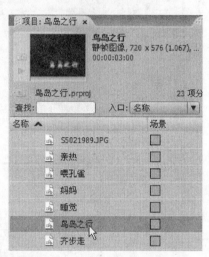

图 5-11　字幕添加在项目窗口中

（17）保存字幕。保存字幕有两种方法：

1）选择"文件"→"保存"命令，或按 Ctrl+S 组合键。这种方法保存出来的字幕是与源文件保存在一起的，字幕只能在该源文件中使用。

2）在"项目"窗口中单击需要保存的字幕，选择"文件"→"输出"→"字幕"命令。这种保存方法可以将字幕以.title 格式文件独立保存下来，并且支持其他.prproj 文件的调用。

（18）将"鸟岛之行"字幕拖到时间轴窗口视频 2 最前端，如图 5-12 所示。一个漂亮的电子相册片头就生成了，如图 5-13 所示。

图 5-12　将字幕添加到视频轨道中

图 5-13　添加完字幕的视频效果

第三部分：带辉光效果的字幕。

（19）在菜单栏"字幕"下拉菜单中选择"新建字幕"里的"默认静态字幕"，打开"新建字幕"对话框，我们为新建立的字幕起名为"齐步走"。

（20）单击字幕工具栏中 T 文字工具，在编辑区内合适位置上单击，在字幕属性中选字体"SimHei"后输入"一二一齐步走"，如图 5-14 所示。

图 5-14 加入字幕

（21）通过工具栏中的选择按钮来调整文字所在的位置和文字大小。

（22）在字幕属性中，勾选"填充"。单击其左侧展开按钮展开其选项，在"色彩"中选择亮丽的紫色，"填充类型"选"实色"。字幕窗口中字幕的颜色发生改变，效果如图 5-15 和图 5-16 所示。

图 5-15 修改填充颜色

图 5-16 修改填充颜色后效果

（23）在字幕属性中，勾选"填充"下的"光泽"选项。展开"光泽"选项，将"光泽"的"色彩"改成黄色，"大小"改为"47"，"角度"改为"20"，"偏移"改为"32"。观看字幕的变化，效果如图 5-17 所示。关闭字幕创建窗口。

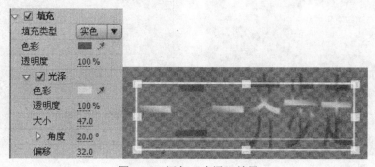

图 5-17 添加"光泽"效果

（24）按 Ctrl+S 组合键，保存字幕。

（25）将"项目"窗口中的"齐步走"字幕拖动到时间轴视频 2 中，具体对应在视频 1 中 IMG_0393 图片上方，调整字幕显示时间长度，与 IMG_0393 时间长度保持一致。

（26）为增强辉光的效果，还可以将视频滤镜中的辉光滤镜加入到字幕中。

注意： 该滤镜效果仅对具有 Alpha 通道的视频素材起作用，而且只对第一个 Alpha 通道起作用。它可以在 Alpha 通道的指定区域边缘，产生一种颜色逐渐衰减或向另一种颜色过渡的效果。所有的字幕文件都具备 Alpha 通道。

方法： 单击"效果"面板中"视频特效"文件夹，找到"风格化"滤镜下属的"Alpha 辉光"滤镜，将其拖动到时间轴"齐步走"字幕上；查看"效果控制"标签，改变"Alpha 辉光"滤镜下 4 个参数。加入滤镜后的效果如图 5-18 所示。

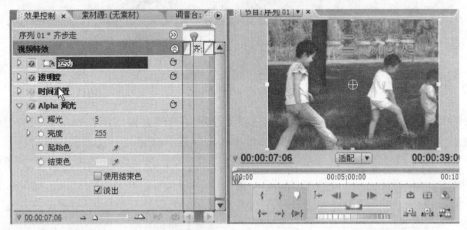

图 5-18　加入辉光效果

第四部分：加入沿路径弯曲字幕。

（27）在菜单栏"字幕"下拉菜单中选择"新建字幕"里的"默认静态字幕"，打开"新建字幕"对话框，我们为新建立的字幕起名为"3 个小伙伴"。

（28）在字幕工具栏中，单击选择 路径输入工具。

（29）将鼠标移动到字幕编辑区，光标变为钢笔状，然后在编辑区的适当位置单击并拖动鼠标，窗口内出现一条带手柄的直线，这是我们设置的第一个锚点，效果如图 5-19 所示。

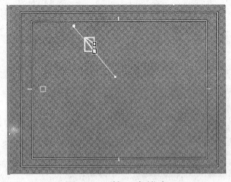

图 5-19　第一个锚点

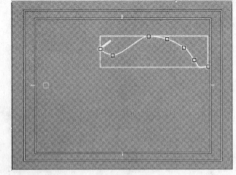

图 5-20　设置 7 个锚点

注意： 带手柄直线的长度将会影响曲线的曲率。

（30）释放鼠标，将光标移动到下一位置，单击鼠标的同时拖动鼠标，设置好第二个锚点。

（31）用同样的方法设置好 7 个锚点，效果如图 5-20 所示。

（32）如果用户对刚设置的路径不满意，可以使用工具栏中的钢笔工具 对其进行修改。鼠标单击 按钮，再将鼠标移动到编辑区的路径上，在需要修改的位置单击鼠标并拖动，可以改变曲线的曲率。另外还有 2 个工具按钮可以帮助我们：

　　　删除定位点工具：用来删除设置路径过程中多余的锚点。

　　　添加定位点工具：用来添加设置路径过程中新的锚点，使路径曲线变得更加流畅。

（33）单击工具栏内 按钮，再将其移动到路径所在的方框内，待鼠标变成钢笔状时，单击鼠标，路径的开头出现光标，表示可以输入字符。

（34）在字幕属性中，选择字体"FZXingK"，输入文字"3 个小伙伴"。字体大小设定为"62"，选择"填充"。展开"填充"选项，将"色彩"改为黄色，如图 5-21 所示。

（35）在工具栏中单击选择 旋转工具，将字幕旋转到一个视觉角度最舒服的位置，做好的字幕效果如图 5-22 所示。

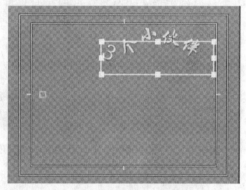

图 5-21　设置"填充"参数　　　　　　　图 5-22　指定路径的字幕效果

注意：在字幕编辑区中边缘处有两个矩形窗口，如图 5-7 所示。这两个窗口内框是字幕安全区，字幕在此区域之内才能安全显示；外框是运动安全区，在此区域外的视频会被系统切掉。

（36）关闭字幕创建窗口。

（37）将"项目"窗口中"3 个小伙伴"拖动到时间轴视频 2 中，具体对应在视频 1 的 IMG_0394 图片上方，调整字幕显示时间长度使之与 IMG_0394 保持一致。加入指定路径的字幕效果如图 5-23 所示。

图 5-23　加入指定路径字幕效果

第五部分：带阴影效果的字幕。

（38）在菜单栏"字幕"下拉菜单中选择"新建字幕"里的"默认静态字幕"，打开"新建字幕"对话框，为新建立的字幕起名为"亲热"。

（39）单击字幕工具栏中 T 文字工具，在编辑区内合适位置单击，在字幕属性中选字体"SimHei"后输入文字"好亲热啊"。

（40）通过 按钮来调整文字所在的位置和大小。我们还可以在字幕属性中改变"字距"，使文字显示得更清晰，效果如图 5-24 所示。

（41）在字幕属性中，选择"填充"，展开其选项，在"色彩"中选择紫色，如图 5-25 所示。字幕窗口中显示文字的颜色已经改变。

（42）在字幕属性中，选定"阴影"复选框，单击其左边的展开按钮，设置阴影颜色为黑色；透明度为"86"；角度为"0.0"；距离为"13.0"；大小为"10.0"；扩散为"36.0"，如图5-26 所示。查看字幕编辑效果，此时字幕已经变成具有羽化阴影效果的字幕。

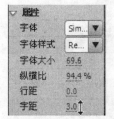

图 5-24　改变字距参数　　　图 5-25　"填充"参数的设置　　　图 5-26　"阴影"参数的设置

（43）按 Ctrl+S 组合键，保存字幕。关闭字幕创建窗口。

（44）将"项目"窗口中"亲热"字幕拖动到时间轴视频 2 中，具体对应在视频 1 中 s5021985 图片上方，调整字幕显示时间长度，与 s5021985 图片时间长度保持一致。做好的阴影效果字幕如图 5-27 所示。

图 5-27　阴影效果字幕

第六部分：颜色渐变的字幕。

（45）在菜单栏"字幕"下拉菜单中选择"新建字幕"里的"默认静态字幕"，打开"新建字幕"对话框，为新建立的字幕起名为"喂孔雀"。

（46）单击字幕工具栏中 T 文字工具，在编辑区内合适位置单击，在字幕属性中选字体

"SimHei"后输入文字"快来喂孔雀"。

（47）通过 按钮来调整文字所在的位置和大小。

（48）在字幕属性中，选择"填充"，展开其选项，在"填充类型"中选择"线性渐变"，此时此项下方的颜色变为双色渐变样式，先来设置渐变颜色。具体如图 5-28 和图 5-29 所示。

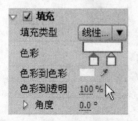

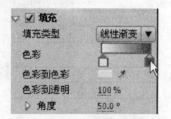

图 5-28　设置渐变第一种颜色　　　　　　　图 5-29　设置渐变第二种颜色

1）双击第一个白色三角 ，弹出拾色器对话框，选择黄色，单击 OK 按钮。

2）双击第二个白色三角 ，弹出拾色器对话框，选择红色，单击 OK 按钮。

（49）将"填充"角度设置为"50.0"。

字幕窗口中显示文字的颜色已经改变，效果如图 5-30 所示。

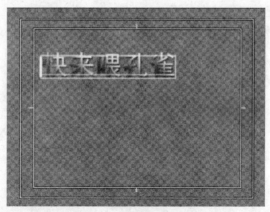

图 5-30　渐变字幕效果

（50）保存字幕。关闭字幕创建窗口。

（51）将"项目"窗口中"喂孔雀"字幕拖动到时间轴视频 2 中，具体对应在视频 1 中 IMG_0422 图片上方，调整字幕显示时间长度，使它们放入时间长度保持一致，效果如图 5-31 所示。

（52）将电子相册中其他需要加入字幕的地方都添加字幕。内容不限。

第七部分：加入场景切换效果。

静态字幕做好存放在"项目"窗口中以后，它在 Premiere 中的地位相当于静态视频。各种场景切换效果同样适用于字幕。

（53）找到"效果"面板中的"视频切换效果"文件夹，打开其中"叠化"场景切换效果。

（54）将其中"叠化"效果拖放到每两个图片或场景切换效果中间，出现场景切换效果标记。我们只需要使用"叠化"场景切换效果的默认参数就可以了。

图 5-31 加入渐变字幕的视频

5.3 任务二：静态字幕"海洋动物"

5.3.1 相关知识

静态字幕在 Premiere 中的各种属性等同于静态视频。各种场景切换效果和滤镜效果同样可以添加到字幕之上，使其产生动态效果。

Premiere Pro CS3 还为用户提供了字幕模板，使用字幕模板可以实现快速制作字幕的目的。使用方法如下：选择"字幕"→"新建字幕"→"基于模板"命令，打开"新建字幕"对话框，如图 5-32 和图 5-33 所示。

图 5-32 菜单中"基于模板"选项

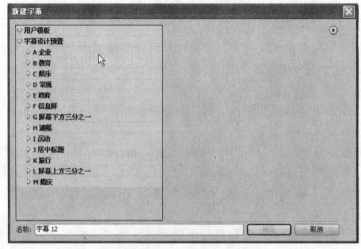

图 5-33 "新建字幕"对话框

　　在对话框中有许多系统自带的字幕模板，任选其一，在对话框右侧出现该字幕模板的预览，如图 5-34 所示。我们只需要选中喜欢的模板再单击"确定"按钮就将新模板套用到字幕中了。

图 5-34　预览系统自带模板

5.3.2　任务实现

【任务描述】

　　使用字幕的基本设置方法，制作电子相册"海洋动物"，为相册中的字幕加入滤镜效果，如图 5-35 所示。

【制作要点】

- 字幕属性的设置。
- 常用字幕种类。
- 方向模糊滤镜、轨道蒙板键滤镜、Alpha 调整滤镜的应用。

【实例效果】

图 5-35　实例效果

【操作步骤】

第一部分：导入素材，制作电子相册。

设计思路：将与海洋动物的相关图片制作成简单的电子相册，为电子相册添加带有滤镜的字幕。图片在视频 1 中排列顺序为：s5022520，s5022525，s5022526，s5022529，s5022531，s5022532，s5022535，s5022543，s5022544，s5022548，s5022545。

（1）启动 Premiere Pro 程序，新创建"海洋动物"项目。文件模式为"常用"，打开工作窗口。

（2）在"项目"窗口空白处双击，导入"光盘\实例素材\第五章\海洋动物"文件夹中相关图片到"项目"窗口中。

（3）将所有素材从"项目"窗口里拖拽到"时间轴"窗口中视频 1 上，排好顺序。

（4）逐个修改所有素材在节目窗口中的显示比例。

方法：单击选中视频 1 中单个素材，在源监视器窗口"效果控制"选项卡下"运动"选项里，改变"比例"参数数值，直到素材大小刚好与节目窗口大小相同为止。视频中其他需要改变显示比例的素材可以使用相同的方法进行修改。

（5）在节目窗口中预览素材比例的修改情况。

第二部分：制作纹理字幕。

（6）在菜单栏"字幕"下拉菜单中选择"新建字幕"里的"默认静态字幕"，打开"新建字幕"对话框，为新建立的字幕起名为"北极熊"。

（7）单击字幕工具栏中T垂直文字工具，在编辑区内合适位置上单击，在字幕属性中选字体"SimHei"后输入文字"我是北极熊"。

（8）通过按钮来调整文字所在的位置和大小。

（9）在字幕属性中，选定"填充"，展开其选项，在"纹理"复选框中加上选择标记。单击其右侧的"纹理"显示框，如图 5-36 所示。在随后弹出"选择一个纹理图像"对话框中选定所需图案，单击"打开"按钮，如图 5-37 所示。

图 5-36　添加纹理选项　　　　　图 5-37　"选择一个纹理图像"对话框

（10）观察字幕窗口中显示字幕的颜色前后改变，如图 5-38 所示。

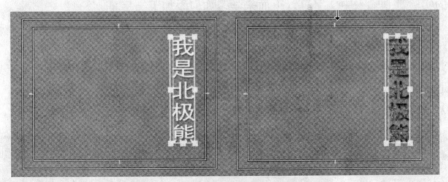

图 5-38　字幕加入纹理效果的前后变化

（11）字幕其余各项参数不变。

（12）按 Ctrl+S 组合键，保存字幕。关闭字幕创建窗口。

（13）将"项目"窗口中"北极熊"拖动到时间轴视频 2 中，具体对应在视频 1 中的 s5022520 图片上方，显示持续时间与该图片保持一致。

第三部分：制作透明字幕。

（14）在菜单栏"字幕"下拉菜单中选择"新建字幕"里的"默认静态字幕"，打开"新建字幕"对话框，为新建立的字幕起名为"海象"。

（15）单击字幕工具栏中 T 文字工具，在编辑区内合适位置上单击，在字幕属性中选字体"FZYaoTi"后输入文字"我喜欢吃手指，我是小宝宝"。

（16）通过 ↖ 按钮来调整文字所在的位置和大小。

（17）在字幕属性中，选择"描边"，复选"内侧边"后的"添加"，将笔划的色彩设置成深红色，如图 5-39 所示。

（18）在字幕属性中复选"填充"，展开其选项，在"填充类型"中选择"消除"，字幕窗口中的字幕已经变成有边框的透明的字幕，如图 5-40 所示。

图 5-39　参数设置

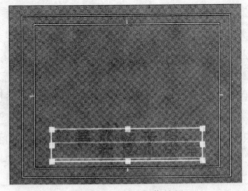

图 5-40　透明字幕效果

（19）按 Ctrl+S 组合键，保存字幕。关闭字幕创建窗口。

（20）将"项目"窗口中"海象"字幕拖动到时间轴视频 2 中，具体对应在视频 1 中的 s5022525 图片上方。显示持续时间与该图片保持一致。

第四部分：制作英文字幕。

前面的实验都是输入中文字幕，下面来学习如何添加英文字幕。

（21）在菜单栏"字幕"下拉菜单中选择"新建字幕"里的"默认静态字幕"，打开"新建字幕"对话框，为新建立的字幕起名为"wo"。

（22）在字幕样式中单击选定"kozu"字幕效果。单击字幕工具栏中 T 文字工具，在编辑区内合适位置输入英文"wo"。

（23）通过 ▶ 按钮来调整文字所在的位置和大小，效果如图 5-41 所示。

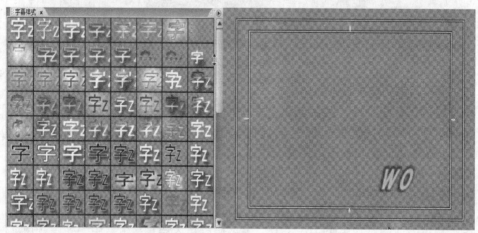

图 5-41　英文字幕

（24）保存字幕。关闭字幕创建窗口。

（25）将"项目"窗口中"wo"字幕拖动到时间轴视频 2 中，具体对应在视频 1 中的 s5022526 图片上方，显示持续时间与 s5022526 图片时间长度保持一致。

第五部分：制作带光芒效果的字幕。

（26）在菜单栏"字幕"下拉菜单中选择"新建字幕"里的"默认静态字幕"，打开"新建字幕"对话框，为新建立的字幕起名为"白鲸"。

（27）单击字幕工具栏中 T 文字工具，在编辑区内合适位置上单击，在字幕属性中选字体"FZXingKai"后输入"白鲸"。

（28）通过 ▶ 按钮来调整文字所在的位置和大小。

（29）在字幕属性中复选"填充"，展开其选项，在"填充类型"中选择"实色"，"色彩"选择白色。在"描边"中选择"外侧边"中的添加，外边"色彩"设置为黑色，"大小"设置为 32，如图 5-42 所示。保存字幕。关闭字幕创建窗口。

（30）将"项目"窗口中"白鲸"字幕拖动到时间轴视频 2 中，具体对应在视频 1 中的 s5022529 图片上方，调整字幕显示时间，如图 5-43 所示。

（31）为字幕加入光芒的效果：

我们需要从视频滤镜中找到"方向模糊"滤镜加入到字幕中。

单击"效果"面板中"视频特效"文件夹，找到"模糊&锐化"滤镜下属的"方向模糊"滤镜，将其拖动到时间轴视频 2 中"白鲸"上。在"效果控制"标签中找到"方向模糊"滤镜，它具有 2 个参数可供调整。

图 5-42　设置字幕属性

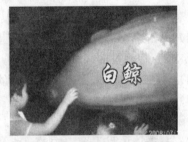

图 5-43　加入滤镜前的字幕效果

该视频效果可以使画面产生放射光线式的柔化。

（32）我们需要在"方向模糊"滤镜中添加 2 个关键帧：

1）将"时间指示器"移动到 00:00:09:12 处，将滤镜中"方向"设置为"90.0"，"模糊长度"设置为"87.8"，如图 5-44 所示。打开各项参数的关键帧开关。此时，节目窗口的文字变成一道灰色的光线。

2）将"时间指示器"移动到 00:00:11:03 处，将"模糊长度" 更改为"0"，如图 5-45 所示。节目窗口中的文字恢复到正常状态。

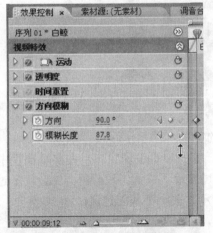

图 5-44　添加第一个关键帧

图 5-45　添加第二个关键帧

字幕生成效果如图 5-46 所示。

图 5-46　加入滤镜后的字幕效果

第六部分：制作流光效果的字幕。

（33）在菜单栏"字幕"下拉菜单中选择"新建字幕"里的"默认静态字幕"，打开"新建字幕"对话框，为新建立的字幕起名为"水母"。

（34）单击字幕工具栏中 T 文字工具，在编辑区内合适位置单击，在字幕属性中选字体"FZXingKai"后输入文字"七色水母"。

（35）通过 按钮来调整文字所在的位置和大小。

（36）在字幕属性中，选择"填充"。展开"填充"选项，在"色彩"中选择蓝色，保存字幕。关闭字幕创建窗口。

（37）右击"项目"窗口中的"水母"字幕，在弹出的快捷菜单中选择"复制"命令。再在"项目"窗口下方空白处右击，选择 2 次"粘贴"。"项目"窗口中现在共有 3 个"水母"字幕了。

（38）右击"项目"窗口中的任意一个"水母"字幕，选择"改名"，将该字幕的名称改为"水母遮罩"，如图 5-47 所示。再将另一个"水母"字幕改名为"流动的光"。

图 5-47　遮罩字幕

此两步操作形成了 3 个名称不同、内容相同的字幕。

（39）双击"项目"窗口中的"水母"字幕，打开字幕编辑窗口。在字幕属性中，将它的"填充类型"改为"线性渐变"，并且色彩中的过渡设置成为"浅蓝色向深蓝色"过渡，如图 5-48 所示。观看更改后字幕的效果如图 5-49 所示。关闭字幕创建窗口。

图 5-48　更改字幕填充颜色

图 5-49　"水母"字幕

（40）双击"项目"窗口中的"流动的光"字幕，打开字幕编辑窗口。使用矩形工具 在窗口文字的左侧画出 3 个并列的矩形。要求：3 个矩形所处的位置和高度满足于可以将文字包含在内。效果如图 5-50 和图 5-51 所示。

 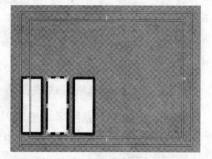

图 5-50　矩形的位置　　　　　　　　　　图 5-51　为矩形添加外边框

（41）删除字幕编辑窗口中的文字"七色水母"，仅仅留下 3 个矩形。

（42）分别选中 3 个矩形，在字幕属性中，将它们的"填充"选项选中，"填充类型"为"实色"，填充"色彩"为"白色"。将每一个矩形添加"外侧边"，外侧边填充色彩为黑色，如图 5-52 和图 5-53 所示。关闭字幕创建窗口。

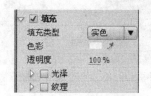 

图 5-52　改变矩形填充属性　　　　　　　图 5-53　矩形边框颜色设置

（43）选择"序列"→"添加轨道"命令，在出现的"添加音视轨"对话框中，选择添加一条视频轨道。

（44）将"项目"窗口中"水母"字幕放在时间轴的视频 2 中，位置在 s5022352 图片上方，将"水母遮罩"字幕放在"水母"字幕的上方的视频 3 中。将"流动的光"字幕放在"水母遮罩"之上的视频 4 中。

（45）将"水母"字幕、"水母遮罩"字幕和"流动的光"字幕的显示时间都调整为与视频 1 中 s5022352 图片显示长度相等。

（46）在"效果"面板中打开"视频特效"文件夹，找到"键"滤镜中的"轨道蒙板键"滤镜，将其拖动到时间轴的视频 3"水母遮罩"字幕之上。将"效果控制"选项卡中"蒙板"后的参数改为"视频 4"，如图 5-54 所示。

蒙板是一个轮廓，为对象定义蒙板后，将建立一个透明区域，该区域显示下层视频图像。该键控可以建立一个运动的蒙板，任何视频剪辑都可以作为蒙板。蒙板中白色区域使视频不透明，黑色区域使视频透明，灰色区域半透明。Track Matte 是把当前视频上方轨道的图像或者影片作为透明用的蒙板。它可以通过像素的亮度值定义轨道遮罩的透明度。

（47）在"效果"面板中打开"视频特效"文件夹，找到"键"滤镜中的"Alpha 调节"滤镜，将其拖动到时间轴视频 4 的"流动的光"字幕之上。将"效果控制"选项卡中的"Alpha 调节"滤镜参数效果进行调整，将其中的"反转 Alpha"前面的复选框选中，效果如图 5-55 所示。

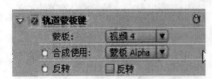

图 5-54　轨道蒙板键滤镜参数设置

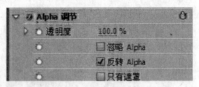

图 5-55　Alpha 调节滤镜参数设置

该视频使 Alpha 通道上黑色区域透明，白色区域不透明，灰色区域依灰度值做渐变透明。使用该键控可以转换视频中的透明区域，也就是说可以把透明区域转换成不透明区域，同时把不透明区域转换为透明区域。

（48）本字幕特效中需要在"流动的光"字幕上加入 2 个关键帧：

1）在"流动的光"字幕显示的 00:00:15:09 处，将位置改变为"276.2，286.2"，打开位置关键帧开关，如图 5-56 所示。

2）在"流动的光"字幕显示的 00:00:17:16 处，将位置改变为"1056.6，308.6"，系统自动添加关键帧，如图 5-57 所示。

图 5-56　第一个位置关键帧设置

图 5-57　第二个位置关键帧设置

此时，用户可以在节目监视器窗口中看见具有过光效果的字幕。效果如本节开篇的"实例效果"，如图 5-35 所示。

5.4　任务三：动态字幕"妈妈的吻 MTV1"

5.4.1　相关知识

1．控制按钮

在字幕编辑窗口的上方，有一些控制按钮，它们是在字幕创建过程中用来控制一些基本操作的功能按钮，如图 5-58 所示。

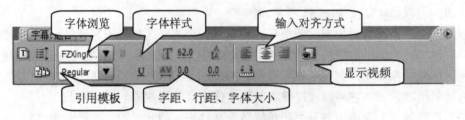

图 5-58　字幕中常用的控制按钮

Ｔ：基于当前字幕新建字幕。

：将字幕设置滚动、游动选项。

我们要创建动态字幕或希望字幕在动态/静态之间切换，可以使用■按钮来实现。单击该按钮，出现画面如图 5-59 所示。

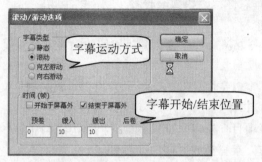

图 5-59 动态字幕设置窗口

2. 动态字幕设置窗口的基本组成

动态字幕的运动方式有两种：滚动方式和游动方式。滚动方式即字幕沿垂直方向运动；游动方式即字幕沿水平方向运动。游动又分为向左和向右两个方向。

开始于屏幕外：设置字幕从屏幕外运动进入到视图中字幕规定位置。

结束于屏幕处：设置字幕从视图中字幕原始位置运动离开屏幕。

预卷/缓入：字幕在滚屏进入之前的帧数。

后卷/缓出：字幕在滚屏结束之后的帧数。

注意：如果"开始屏幕"和"结束屏幕"都不选择，即使其他参数都已经设置，字幕也不能发生运动。

5.4.2 任务实现

【任务描述】

使用动态字幕的制作方法制作 MTV，如图 5-60 所示。

【制作要点】

● 动态字幕的建立。

● 常用的场景切换效果的使用。

● 常用滤镜效果的使用。

【实例效果】

图 5-60 MTV 实例效果

【操作步骤】

"妈妈的吻"歌词：在那遥远的小山村，小啊小山村，我那亲爱的妈妈，已白发鬓鬓。过去的时光难忘怀，难忘怀，妈妈曾给我多少吻，多少吻。

第一部分：导入素材。

（1）启动 Premiere Pro 程序，新创建"妈妈的吻 MTV1"项目。文件模式为"常用"，打开工作窗口。

（2）在"项目"窗口空白处双击，导入素材"妈妈的吻"文件夹中"妈妈的吻"和"篇首"素材到"项目"窗口中。

（3）将素材从"项目"窗口里拖拽到"时间轴"窗口中视频 1 上，按"篇首"、"妈妈的吻"顺序排好，"篇首"素材播放时间为 3 秒钟。

（4）逐个修改素材在节目窗口中显示比例。

（5）在节目窗口中预览素材比例的修改情况。

第二部分：制作垂直滚动字幕。

（6）在菜单栏"字幕"下拉菜单中选择"新建字幕"里的"默认滚动字幕"，打开"新建字幕"对话框，为新建立的字幕起名为"题目"。

（7）单击字幕工具栏中 T 文字工具，在编辑区内合适位置上单击，在字幕属性中选字体"FZHingK"后输入文字"妈妈的吻"、"演唱者：Rose"，如图 5-61 所示。

图 5-61　输入 MTV 标题文字

通过 按钮来调整文字所在的位置和大小。

（8）在字幕属性中，选定"填充"，展开其选项，在"色彩"中选择黄色，如图 5-62 所示。

（9）选择字幕编辑区上方 按钮，弹出动态字幕设置窗口，如图 5-63 所示。在"字幕类型"中选中"滚动"；勾选"开始于屏幕外"复选框；缓入："0"；缓出："10"，单击"确定"按钮。关闭字幕创建窗口。

图 5-62　设置字体颜色

（10）将"项目"窗口中"题目"字幕拖放在时间轴视频 2 中，位置在"篇首"图片的上方。将二者显示时间长度调整一致，如图 5-65 所示。

在节目窗口中，我们能够观察到新生成的字幕由屏幕上方滚入屏幕，最终停留在字幕编辑区内调整后的位置上不再移动，如图 5-64 所示。

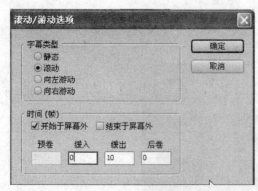

<table>
<tr><td>图 5-63　字幕设置窗口</td><td>图 5-64　垂直滚动的字幕</td></tr>
</table>

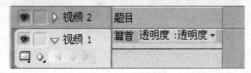

图 5-65　将"题目"字幕加入视频轨道

第三部分：制作水平滚动的字幕。

（11）在菜单栏"字幕"下拉菜单中选择"新建字幕"里的"默认游动字幕"，打开"新建字幕"对话框，为新建立的字幕起名为"在那遥远的小山村 1"。

（12）单击字幕工具栏中 T 文字工具，在编辑区内合适位置上单击，在字幕属性中选字体"FZHingK"后输入文字"在那遥远的小山村"。

（13）通过 按钮来调整文字所在的位置和大小。

（14）在字幕属性中，选定"填充"，展开其选项，在"色彩"中选择"黄色"。

（15）选择字幕编辑区上方 按钮，弹出动态字幕设置窗口。在"字幕类型"中选中"向右游动"；勾选"开始于屏幕外"、"结束于屏幕外"复选框；单击"确定"按钮，如图 5-66 所示。关闭字幕创建窗口。

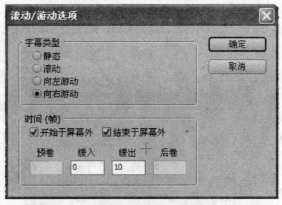

图 5-66　动态字幕设置窗口

（16）将"项目"窗口中"在那遥远的小山村 1"字幕拖动到时间轴窗口视频 2 中"题目"字幕之后，显示时间区间 00:00:03:01 到 00:00:10:20。

在节目窗口中查看效果，"在那遥远的小山村 1"字幕由屏幕左侧水平向右滚入屏幕，最终在屏幕的右侧滚出。效果如图 5-67 所示。

图 5-67　水平滚动的字幕

第四部分：制作带卷展效果的字幕。

（17）在菜单栏"字幕"下拉菜单中选择"新建字幕"里的"默认静态字幕"，打开"新建字幕"对话框，为新建立的字幕起名为"我那亲爱的妈妈"。

（18）单击字幕工具栏中 T 文字工具，在编辑区内合适位置上单击，在字幕属性中选字体"FZHingK"后输入文字"我那亲爱的妈妈"。

（19）通过 按钮来调整文字所在的位置和大小。

（20）在字幕属性中，选定"填充"，展开其选项，在"色彩"中选择"黄色"。关闭字幕创建窗口。

（21）在"项目"窗口中，将"我那亲爱的妈妈"字幕拖动到"时间轴"窗口的视频 2 中。使用耳麦仔细区分音频文件的内容，将字幕的开始和结束时间与歌词演唱的时间调整为一致。

（22）在"效果"面板中的"视频切换效果"文件夹里，找到"卷页"切换效果中"滚离"选项，将该选项拖动到时间轴上"我那亲爱的妈妈"字幕的前端。

该场景切换效果中 2 个视频的切换以图像 A 像一张纸一样卷走，露出图像 B 的形式来实现。

（23）在视频轨道中双击新加入的切换效果图示，打开"视频切换效果设置"窗口，将时间设置为 00:00:03:20；排列为：开始在切口；过渡方向为：从左至右。

观察设置场景切换效果添加后，字幕显示的效果如图 5-68 所示。

图 5-68　卷展字幕效果

第五部分：制作循环滚动效果的字幕。

（24）在菜单栏"字幕"下拉菜单中选择"新建字幕"里的"默认静态字幕"，打开"新建字幕"对话框，为新建立的字幕起名为"过去的时光难忘怀"。

（25）单击字幕工具栏中 **T** 文字工具，在编辑区内合适位置上单击，在字幕属性中选字体"FZHingK"后输入文字"过去的时光难忘怀"。

（26）通过 按钮来调整文字所在的位置和大小。

（27）在字幕属性中，选定"填充"，展开其选项，在"色彩"中选择"黄色"。关闭字幕创建窗口。

此时，"项目"窗口中出现"过去的时光难忘怀"字幕。

（28）在"项目"窗口中，将"过去的时光难忘怀"字幕拖动到"时间轴"窗口的视频2 中。使用耳麦仔细区分音频文件的内容，将字幕的开始时间和结束时间与歌词演唱的时间一致。

（29）在"效果"面板中的"视频特效"文件夹里，找到"变换"滤镜中"滚动"滤镜选项，将该选项拖动到时间轴"过去的时光难忘怀"字幕上。

该视频效果可以选择上、下、左、右 4 个方向中的某一种方向，让画面进行该方向上的移动。

（30）在"效果控制"选项卡之中，增加了滚动滤镜。单击滤镜设置图标 ，打开滚动设置对话框，如图 5-69 所示，选择"右"。

观察设置场景切换效果后，字幕显示的效果如图 5-70 所示。

图 5-69　滚动参数设置

图 5-70　滚动效果

注意：使用 按钮直接建立滚动字幕的效果是：字幕只能滚动一次；使用滚动滤镜产生的效果是字幕循环滚动。

第六部分：逐字打出的字幕。

本字幕是通过在对字幕文件的叠加以及对时间轴参数的设置实现的。

（31）在菜单栏"字幕"下拉菜单中选择"新建字幕"里的"默认静态字幕"，打开"新建字幕"对话框，为新建立的字幕起名为"难"。

（32）单击字幕工具栏中 **T** 文字工具，在编辑区内合适位置单击，在字幕属性中选字体"FZHingK"后输入文字"难"。

（33）通过 按钮来调整文字所在的位置和大小。

（34）在字幕属性中，选定"填充"，展开其选项，在"色彩"中选择"黄色"。

（35）单击字幕编辑窗口中 ![T] 按钮，弹出"新建字幕"对话框。输入新字幕名为"忘"。单击"确定"按钮。

（36）在新打开的"忘"字幕中，刚刚在"难"字幕里输入的文字还在。我们以这个字的样式和位置为基准，在字幕中输入文字"忘"，位置在"难"的旁边。将字幕中多余的"难"字删除。

（37）单击字幕编辑窗口中 ![T] 按钮，弹出"新建字幕"对话框。输入新字幕名字为"怀"。单击"确定"按钮。

（38）在新打开的"怀"字幕中，刚刚在"忘"字幕里输入的文字还在。以它的样式和位置为基准，在字幕中输入文字"怀"。将字幕中多余的"忘"字删除。

这样，新制作的3个字幕中各有一个样式相同，大小一致，位置合理的汉字。

（39）添加一条视频轨道。方法是：选择"序列"→"添加轨道"命令，在出现的"添加音视轨"对话框中，选择添加一条视频轨道。

（40）将3个字幕拖动到时间轴窗口中的视频2至视频4中，如图5-71所示。

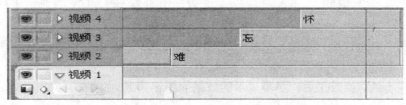

图 5-71　时间轴窗口

第七部分：使用标记将音频和视频同步对齐。

在 Premiere Pro 中，标记（marker）用于指示重要的时间点，它仅作为一种参考而不会更改视频的内容。在编辑视频作品的过程中，我们可以设置许多编号标记和非编号的标记。在时间标尺中，标记以小图标的形式显示，如图5-72所示。

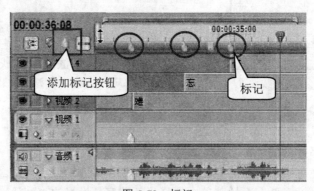

图 5-72　标记

（41）在时间轴窗口音频轨道中有一个 ![按钮] 按钮，单击它会在快捷菜单中出现"显示波形"选项，效果如图5-73所示。选择"显示波形"之后，时间轴窗口之中的音频文件将以波形方式显示出来。这种波形有助于我们对音频文件的编辑。

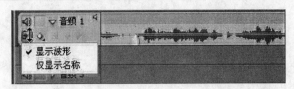

图 5-73　以波形方式显示音频文件

（42）使用节目窗口中的播放按钮播放音频文件，使用耳麦仔细区分音频文件的内容。当音频中出现"难"的唱词时，单击时间标尺左侧的标记符号，则时间指示器的位置上就对应出现标记，效果如图 5-72 所示。将"难忘记"歌词中每个字的声音出现的位置都作以标记。

（43）精确调整 3 个字幕的显示位置。将每个字幕开始和结束的时间都以标记为基准，与唱词相匹配。

第八部分：保存字幕。

（44）按 Ctrl+S 组合键，保存字幕。

5.5　任务四：动态字幕"妈妈的吻 MTV2"

5.5.1　相关知识

下面介绍关于标记的一些知识。

（1）标记设立的位置有两种：剪辑标记和剪辑序列标记。剪辑标记在剪辑内部；剪辑序列标记在时间标尺中。

（2）标记分为：非编号标记、编号标记。

（3）添加编号标记的方法：

● 选定剪辑或剪辑序列。

● 移动时间指示器到相应位置。

● 选择"标记"→"设定剪辑/剪辑序列标记"命令，设有编号标记。

（4）添加非编号标记方法：

1）添加剪辑标记：在源素材监视器窗口中，将时间指示器移动到相应位置，用　添加标记。标记出现在时间轴窗口中素材的内部。

2）添加剪辑序列标记：在节目监视器窗口或时间轴窗口中，将时间指示器移动到相应位置，使用　或　添加标记。标记出现在时间轴的时间标尺上。

（5）删除标记：

选定要删除的标记，选择"标记"→"清除序列标记"→"当前标记/所有标记"命令。

（6）查找标记：

1）在"源监视器"窗口中查找剪辑标记　前一个、　后一个。

2）在时间线面板上查找标记：利用菜单。

5.5.2　任务实现

【任务描述】

使用在字幕中加入滤镜或场景切换的方法，制作有特色的 MTV，效果如图 5-74 所示。

【制作要点】

- 字幕的建立。
- 场景切换效果的使用。
- 常用滤镜效果的使用。
- 创意。

【实例效果】

图 5-74　实例效果

【操作步骤】

"妈妈的吻"歌词：在那遥远的小山村，小啊小山村，我那亲爱的妈妈，已白发鬓鬓。过去的时光难忘怀，难忘怀，妈妈曾给我多少吻，多少吻。

第一部分：导入素材。

（1）启动 Premiere Pro 程序，新创建"妈妈的吻 MTV2"项目。文件模式为"常用"，打开工作窗口。

（2）在"项目"窗口空白处双击，导入"光盘\实例素材\第五章\妈妈的吻"文件夹中"妈妈的吻"和"篇首"素材到"项目"窗口中。

（3）将素材从"项目"窗口里拖拽到"时间轴"窗口中视频 1 上，按"篇首"、"妈妈的吻"顺序排好，"篇首"素材播放时间为 3 秒钟。

（4）逐个修改素材在节目窗口中显示比例。

（5）在节目窗口中预览素材比例的修改情况。

第二部分：制作从远处飞来的字幕。

（6）在菜单栏"字幕"下拉菜单中选择"新建字幕"里的"默认静态字幕"，打开"新建字幕"对话框，为新建立的字幕起名为"在那遥远的小山村 1"。

（7）单击字幕工具栏中 T 文字工具，在编辑区内合适位置单击，在字幕属性中选字体"FZHingK"后输入文字"在那遥远的小山村"。

（8）通过 按钮来调整文字所在的位置和大小。

（9）在字幕属性中，选定"填充"，展开其选项，在"色彩"中选择"黄色"。

（10）将"在那遥远的小山村 1"字幕拖动到"时间轴"窗口视频 2 中，显示时间区间为00:00:03:01 到 00:00:10:20。

（11）在"效果"面板中的"视频切换效果"文件夹里，找到"3D 运动"切换效果中的

"摆入"选项，将该选项拖动到时间轴上"在那遥远的小山村 1"的前端。

（12）双击字幕新加入的场景切换效果标记，打开"效果控制"选项卡下"视频切换效果设置"窗口，将过渡时间设置为 00:00:03:00；校准为：开始于切点；过渡方向为：从左向右。

观察设置切换效果后，字幕从远处飞来的效果，如图 5-75 所示。

图 5-75　文字从远处飞来

第三部分：制作沿自定义路径运动的字幕。

（13）在菜单栏"字幕"下拉菜单中选择"新建字幕"里的"默认静态字幕"，打开"新建字幕"对话框，为新建立的字幕起名为"我那亲爱的妈妈"。

（14）单击字幕工具栏中 T 文字工具，在编辑区内合适位置上单击，在字幕属性中选字体"FZHingK"后输入文字"我那亲爱的妈妈"。

（15）通过 按钮来调整文字所在的位置和大小。

（16）在字幕属性中，选定"填充"，展开其选项，在"色彩"中选择"黄色"。

（17）在"项目"窗口中，将"我那亲爱的妈妈"字幕拖动到"时间轴"窗口中视频 2 中。使用耳麦仔细区分音频文件的内容，将字幕的开始和结束时间与歌词演唱的时间调整为一致。

（18）我们要给"我那亲爱的妈妈"字幕的运动属性中"位置"添加 3 个关键帧，用以实现字幕沿自定义路径运动。

在"效果控制"选项卡中找到"运动"选项。

1）将时间指示器移动到 00:00:16:11 处，"位置"设立为"409.8，-154.1"，打开位置左边的关键帧开关。素材时间线上出现关键帧标记，如图 5-76 所示。

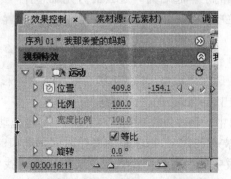

图 5-76　位置的第一个关键帧

2）将时间指示器移动 00:00:18:20 处,"位置"改变为"308.9,298.8",系统自动添加关键帧,如图 5-77 所示。

3）将时间指示器移动到 00:00:20:24 处,"位置"设立为"513.0,303.9",系统自动添加关键帧,如图 5-78 所示。

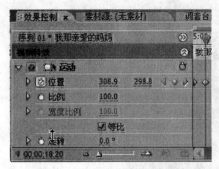 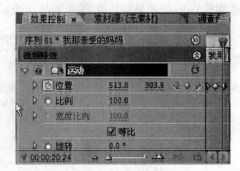

図 5-77　位置的第二个关键帧　　　　　　図 5-78　位置的第三个关键帧

预览节目窗口,字幕沿着自定义的路径运动,效果如图 5-79 所示。

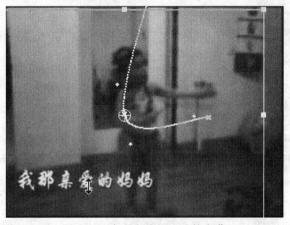

图 5-79　自定义路径运动的字幕

第四部分:制作飘动的字幕。

（19）在菜单栏"字幕"下拉菜单中选择"新建字幕"里的"默认静态字幕",打开"新建字幕"对话框,为新建立的字幕起名为"过去的时光难忘怀"。

（20）单击字幕工具栏中 T 文字工具,在编辑区内合适位置上单击,在字幕属性中选字体"FZHingK"后输入文字"过去的时光难忘怀"。

（21）通过 按钮来调整文字所在的位置和大小。

（22）在字幕属性中,选定"填充",展开其选项,在"色彩"中选择"黄色"。

此时,"项目"窗口中出现"过去的时光难忘怀"字幕。

（23）在"项目"窗口中,将"过去的时光难忘怀"字幕拖动到"时间轴"窗口的视频 2 中。使用耳麦仔细区分音频文件的内容,将字幕的开始时间和结束时间与歌词演唱的时间一致。

（24）在"效果"面板中的"视频切换效果"文件夹里,找到"叠化"场景切换效果中的"抖动叠化"选项,将该选项拖动到时间轴上"过去的时光难忘怀"字幕的前端。

（25）单击字幕新加入的切换效果图标，打开"视频切换效果设置"窗口，将时间设置为 00:00:01:05；排列为：开始在切口；抗矩齿品质：中。

（26）在"效果"面板中的"视频特效"文件夹里，找到"扭曲"滤镜中"弯曲"滤镜选项，将它拖动到时间轴上的"过去的时光难忘怀"字幕上。

（27）在"效果控制"选项卡之中，增加了弯曲滤镜。保持滤镜内参数不变，如图 5-80 所示。"弯曲"滤镜中也不添加关键帧。这意味着这个字幕在显示时间内一直处于同等强度的弯曲变化中。

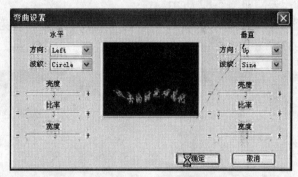

图 5-80　"弯曲"滤镜参数

观察：在场景切换及滤镜添加后，字幕产生飘动的效果，如图 5-81 所示。

图 5-81　飘动的字幕

第五部分：制作旋转的字幕。

（28）在菜单栏"字幕"下拉菜单中选择"新建字幕"里的"默认静态字幕"，打开"新建字幕"对话框，为新建立的字幕起名为"妈妈"。

（29）单击字幕工具栏中 T 文字工具，在编辑区内合适位置上单击，在字幕属性中选字体"FZHingK"后输入文字"妈妈曾给我多少吻，多少吻"。

（30）通过 按钮来调整文字所在的位置和大小。

（31）在字幕属性中，选定"填充"，展开其选项，在"色彩"中选择"黄色"。

此时，"项目"窗口中出现"妈妈"字幕。

（32）在"项目"窗口中，将"妈妈"字幕拖动到"时间轴"窗口中视频 2 中。使用耳麦仔细区分音频文件的内容，将字幕的开始时间和结束时间与歌词演唱的时间一致。

（33）在"效果"面板中的"视频特效"文件夹里，找到"透视类"滤镜中的"基本 3D"滤镜，拖动它到时间轴窗口视频 2 中的"妈妈"字幕之上。

该视频效果是在一个虚拟三维空间中操作视频。可以绕水平和垂直轴旋转图像，并将图像以靠近或远离屏幕的方式移动。

（34）在"效果控制"选项卡中找到"基本 3D"滤镜，为其中的"旋转"参数设置 2 个关键帧：

1）将"时间指示器"移动到 00:00:38:15 处，将滤镜中"旋转"参数设置为"6.8"，打开"旋转"左边的关键帧开关，如图 5-82 所示。

2）将"时间指示器"移动到 00:00:42:22 处，将"旋转"参数设置为"359.0"，系统自动添加新关键帧，如图 5-83 所示。

图 5-82   旋转的第一个关键帧

图 5-83   旋转的第二个关键帧

观察滤镜添加后字幕产生旋转的效果，如图 5-84 所示。

图 5-84   旋转字幕

第六部分：制作多画面电视墙效果。

（35）在时间轴上，使用剃刀工具将视频 1 中"妈妈的吻"视频在 00:00:45:06 和 00:00:57:00 处单击，将原视频分割成为 3 段。在中间一段视频中加入一种新的滤镜效果，加强视频的看点。

（36）在"效果"面板中的"视频特效"文件夹里，找到"风格化"滤镜中的"重复"滤镜，拖动到"时间轴"窗口第二段动态视频片段上。

该视频效果可以将画面复制成同时在屏幕上显示的相同的画面，数量多达 4～256 个。

（37）在"效果控制"选项卡中，出现"复制"滤镜。它的下面只有一个参数"计算"，我们尝试更改"计算"参数的数值,发现节目窗口中产生电视墙的效果。为产生良好的视频效果,我们将"计算"的数值保持为"2",不为它添加关键帧。

观察滤镜添加后屏幕产生多画面电视墙的效果,如图 5-85 所示。

图 5-85　多画面电视墙效果

第七部分:保存文件。

(38)按 Ctrl+S 组合键,保存文件。

第八部分:多行文本字幕的设计。

制作类似演员表的字幕,我们需要使用一些新工具:字幕动作工具。它们的作用是将字幕中同时选中的多项内容进行排列,调整位置分布。

用法:

1)使用"Shift+鼠标单击"的方式,将若干需要排列的内容同时选中,如图 5-86 所示。

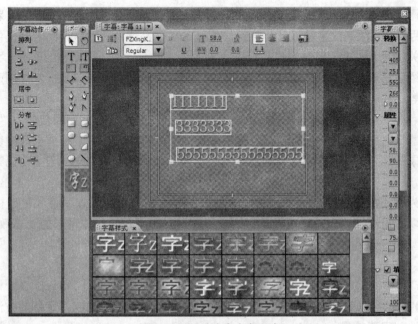

图 5-86　同时选中多条文本

2）单击"字幕动作"工具栏中的相关按钮。

这样我们的操作就完成了。

例如，我们将图 5-86 中的 3 条文本同时选中后，选择字幕动作中的 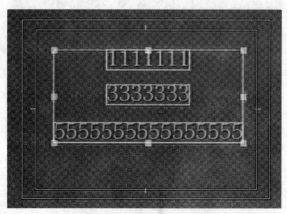水平居中按钮，字幕的位置改变效果如图 5-87 所示。

图 5-87　多条文本水平居中

不过，如果操作者没有同时选中两个以上的内容的时候，"字幕动作"中各选项内容是灰色的，意思是不可用操作。

记住：在很多软件中，当我们将鼠标悬停在工具按钮之上的时候，系统会自动提示该工具的作用，不必特殊记忆每种形态的按钮的作用。这是一种很方便也很实用的功能。

5.6　小结

字幕是影视剧本制作和 DV 制作中的一种重要的视觉元素。从大的方面来讲，字幕包括了文字、图形两部分。漂亮的字幕设计将会给影视和 DV 作品增色不少，还同时会提供给观众影视作品的相关信息。如果一部影视作品没有字幕的话，它不会是一部完整的作品。字幕系列讲座将详细介绍字幕素材的创建以及对字幕素材的修改，怎样增添字幕效果，怎样创建中文字幕和滚动字幕等。

本章重点介绍了字幕的制作方法。虽然说字幕本身在制作之初就已经被分为"静态字幕"和"动态字幕"，但是真正使字幕运动起来并且效果显著的原因却多半是由于视频切换效果和视频滤镜效果的加入而产生的。优秀的字幕效果能够为整个作品添加艺术性，使视频内容更加连贯生动。

字幕分为静态字幕和动态字幕，它们的制作过程大同小异。静态字幕和静态视频图片一样，我们可以通过添加滤镜效果或场景切换效果，将静态字幕转化成精彩的动态效果。

5.7　课后练习

1. 继续完善"妈妈的吻 MTV"这个实验项目，使用本章学习的制作字幕的方法，将视频中的歌词都加入字幕效果。

2．根据教师所给出的素材和效果，制作"歌词变色"，实例效果如图 5-88 所示。

素材来源：光盘\实例素材\第五章\歌词变色。

注意：本练习不要求音频、视频同步内容，只想练习"轨道蒙板键"滤镜和"Alpha 调节"滤镜在字幕中的应用。制作方法参照本章任务二中流光字幕的制作。

图 5-88 "歌词变色"效果

3．根据教师所给出的素材，制作视频"北京欢迎你"，实例效果如图 5-89 所示。

图 5-89 效果

素材来源：光盘\实例素材\第五章\北京欢迎你

特别提示：

（1）将一幅蓝色背景放在视频 1 中，加入"旋转"动画效果。

（2）将"2008 奥运会"、"北京欢迎你"单词分别写入 2 个字幕，分别放在视频 2 和视频 3 中。

（3）画面上行的"2008 奥运会"加入 Alpha 调整滤镜，作用相当于"流光字幕"中的"流光"。

（4）将"北京欢迎你"设置为叠化的过渡方式出现。

4．制作类似在影片的开头经常出现的长长的、运动的演职人员表的字幕。

第 6 章 音频的编辑

6.1 本章目的及任务

6.1.1 本章目的

- 音频参数的设置
- 导入音频文件
- 使用"混音器"窗口编辑音频
- 在时间轴窗口中编辑音频
- 使用音频场景切换效果
- 使用音频滤镜效果

6.1.2 本章任务

本章包含如下三个任务：
- 任务一：音频的编辑
- 任务二：优化音频
- 任务三：配音

6.2 任务一：音频的编辑

6.2.1 相关知识

在第一章任务二练习中，在我们创建一个项目文件之前，先对 Premiere "常用"模式进行自定义设置。当时主要讲的是视频这一部分的设置。音频部分我们保持了系统的默认值。现在来看看对于"自定义设置"操作来说，音频部分都有哪些我们需要了解的东西。

（1）启动 Premiere Pro CS3 应用程序，进入欢迎画面，如图 6-1 所示。

（2）选择"新建项目"，打开"新建项目"对话框，如图 6-2 所示。

图 6-1 欢迎画面

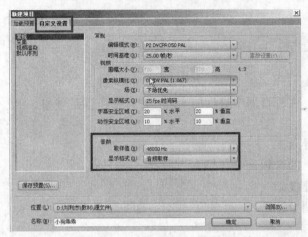

图 6-2　"新建项目"对话框

（3）单击"自定义设置"选项卡，查看对话框内容。音频部分有两个参数可以进行设置："取样值"和"显示格式"，如图 6-2 所示。选择"取样值"后面的下拉按钮，看里面包含内容，如图 6-3 所示。对于标准的 DV 通常选择"48000Hz"或"32000 Hz"。

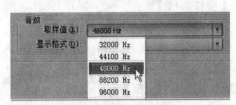

图 6-3　采样值的选择

注意：Premiere Pro CS3 可以在输入音频素材到"项目"窗口中时，将所有导入的压缩音频文件进行转换，使之与取样值相符。这个过程叫做"符合"。非压缩音频文件通常不参与符合。当程序创建符合的音频文件时，把文件增加到 32 位分辨率，同时增加或者降低取样值，匹配项目的取样设置。

符合文件是临时的。系统会把符合文件放在一个与初始文件分开的驱动器上。可以从"编辑"→"参数"→"暂存盘"指定存储设置。

（4）在"自定义设置"中选择"默认序列"，如图 6-4 所示。可以在"音频"部分设置声音效果占用音频轨道的情况，酌情修改。

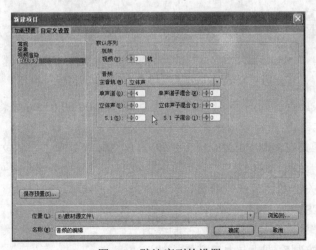

图 6-4　默认序列的设置

（5）保存预置。

6.2.2　任务实现

【任务描述】

将音频文件导入，在混音器中进行加工，使之产生不同的效果。

【制作要点】

- 音频文件的导入。
- 调节关键帧上的音频。
- 调节音频的速度。
- 使用混音器调节音频。

【实例效果】

原有音乐变成另一种音乐。

【操作步骤】

第一部分：导入素材。

音频文件的导入方式和视频文件的导入方式相同。

（1）启动 Premiere Pro 程序，新建一个项目。文件模式为"常用"，文件名称为"音频的编辑"，打开工作窗口。

（2）在"项目"窗口空白处双击，导入"光盘\实例素材\第六章\音频"文件夹中"杜鹃圆舞曲"音频文件到"项目"窗口中。我们看见在"项目"窗中，纯粹的音频文件显示为🔊标记；有声音的视频文件显示为🖾。

（3）将音频文件从"项目"窗口里拖拽到"时间轴"窗口中音频 1 轨道上，效果如图 6-5 所示。

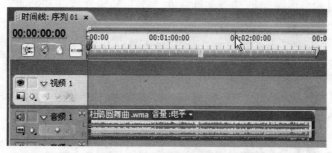

图 6-5　导入音频文件到"时间轴"窗口中

（4）使用耳麦认真听音频内容。使用剃刀工具🔪，在 00:00:05:06 处将文件分割。波纹删除两段音频的第一段。

（5）使用剃刀工具在素材 00:02:00:00 处和 00:02:30:00 处单击，将文件分割成为 3 部分待用。

第二部分：使用关键帧调节音频音量。

在 Premiere Pro CS3 中可以在三处来调节音频的音量：

- 在"时间轴"窗口中使用关键帧控制线调节。
- 利用"效果控制"选项卡中"音频特效"来调节。

● 在混音器中调节。

我们先介绍其中的第二种方法。

在"效果控制"中编辑音频与编辑视频的方法基本相似:

(6) 在"效果控制"选项卡下,出现"音频特效"选项。其中包含"旁路"和"电平"两个参数,如图 6-6 所示。

(7) 将音频 1 轨道中"杜鹃圆舞曲"的第一段设置 3 个音频关键帧:

1) 将"时间指示器"移动到 00:00:00:00 处,将"电平"的数值改为"-12db",打开"电平"左侧的关键帧开关,如图 6-7 所示。

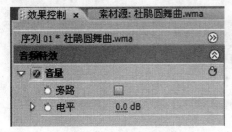

图 6-6　音频特效控制窗口

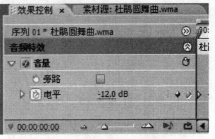

图 6-7　电平第一个关键帧

2) 将"时间指示器"移动到 00:00:14:17 处,将"电平"的数值改为"6db"。

3) 将"时间指示器"移动到 00:00:28:18 处,将"电平"的数值改为"0db"。

单击"电平"参数左侧的展开按钮,在"效果控制"选项卡的右侧出现"电平"参数变化的折线图。这一段音乐的音量实现了由低到高再变低的过程,如图 6-8 所示。

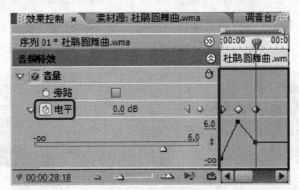

图 6-8　电平关键帧

第三部分:使用淡化线调节音频文件的音量。

(8) 通常我们编辑音频文件时,会使用音轨左侧的三角形按钮展开音频轨道。我们在轨道中可以看见一条黄色的线,如图 6-9 所示。用鼠标上下移动该线条,可以在整体上改变一段音频文件音量的大小。此时的淡化线标志着整个轨道的音量大小。

在图 6-9 中黄色淡化线不明显。我们可以单击音频轨道左侧的"设置显示风格"工具按钮，在菜单下选择"仅显示名称",如图 6-10 所示。改变后的音频轨道中波形部分被去掉,只留下清晰的轨道音量显示线了,如图 6-11 所示。

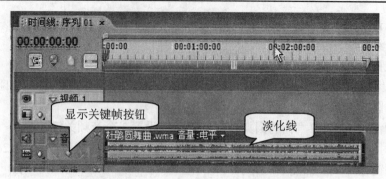

图 6-9 时间轴音频轨道上控制音量的淡化线

图 6-10 "仅显示名称"选项设置

图 6-11 "仅显示名称"选项设置后的效果

当音频文件上已经设置音量关键帧以后，我们也可以通过单击"显示关键帧"按钮 ，在下拉菜单中选择"显示素材关键帧"，将音频轨道上的关键帧显示出来，如图 6-12 所示。

图 6-12 显示素材关键帧

音频轨道上会出现对应的菱形的关键帧标志。上升的线表示音量变高，下降的线表示音量变低。用鼠标上下左右移动音频 1 中的关键帧标志，可以更改关键帧出现的时间和参数的大小，将关键帧上的音量参数进行改变。

第四部分：调节音频的持续时间和速度。

改变音频文件的持续时间和速度与改变视频文件的持续时间和速度的方法是一样的。

（9）右击时间轴音频 1 轨道中的第二段段音频，在快捷菜单中选择"素材速度/持续时间"，在弹出的对话框中输入修改后要达到的速度"200"，我们发现随着播放速度的提高，持续时间选项自动将时间变短。这是因为旁边的链接标记 起的作用，如图 6-13 所示。单击链接标记，锁形的标记会变成断开的形状，这时速度与持续时间不再互相影响，如图 6-14 所示。

图 6-13　更改音频速度 1

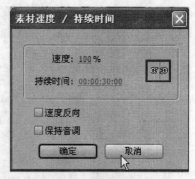

图 6-14　更改音频速度 2

注意：当音频播放速度发生改变以后，音频的声调会发生相应的变化，可以使用音频增益的调整改变这种突兀的变化。

第五部分：调节音频增益。

音频素材的增益指的是音频信号的声调高低。当同一个视频同时出现几个音频素材的时候，就要平衡几个素材的增益，否则一个素材的音频信号或低或高，会影响浏览。

（10）单击刚才改变了播放速度的素材，在菜单栏"素材"中选择"音频选项"下的"音频增益"，如图 6-15 所示，弹出"音频增益"对话框。修改参数为"-1"，如图 6-16 所示。

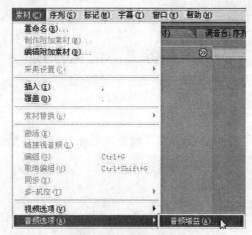

图 6-15　设置音频增益

图 6-16　"音频增益"对话框

收听音频增益参数后，素材高昂的音调变低。

第六部分：使用混音器调节音频文件。

在"源素材"窗口上有一个"调音台"标签，又叫调音台窗口。它就像音频合成控制台，为每一条音轨都提供了一套控制，如图 6-17 所示。

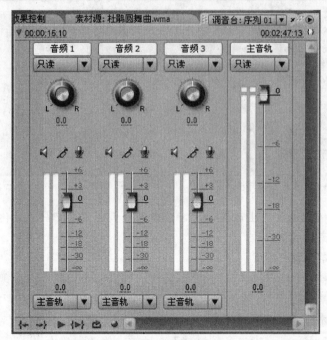

图 6-17   调音台

使用调音台上对应的音轨中的音量滑块可以调节音轨上的音量。

6.3   任务二：优化音频

6.3.1   相关知识

在音频编辑中，我们同样可以使用"音频切换效果"和"音频特效"。它们的使用方法与"视频切换效果"、"视频特效"使用方法基本相同。

6.3.2   任务实现

【实例描述】

将音频文件导入，为它加入"音频切换效果"和"音频特效"。

【制作要点】

● "音频切换效果"的加入方法。

● "音频切换效果"参数设置。

● "音频特效"的加入方法。

● "音频特效"参数设置。

【实例效果】

原有音乐变化出各种预期效果。

【操作步骤】

第一部分：导入素材。

（1）启动 Premiere Pro 程序，新建一个项目。文件模式为"常用"，文件名称为"优化音频"，打开工作窗口。

（2）在"项目"窗口空白处双击，导入"光盘\实例素材\第六章\音频"文件夹中"杜鹃圆舞曲"音频文件到"项目"窗口中。

（3）将音频文件从"项目"窗口里拖拽到"时间轴"窗口中音频 1 轨道上。

（4）使用耳麦认真听音频内容。使用剃刀工具，在 00:00:05:06 处将文件分割。波纹删除两段音频的第一段。

（5）使用剃刀工具在 00:01:00:00 处、00:02:00:00 处和 00:02:30:00 处单击，将文件分割成为 4 部分待用。

第二部分：使用关键帧调节音频音量。

（6）在工具条中选择"钢笔"工具。使用该工具拖动音频素材上的淡化线可以调节音量。

方法：按住 Ctrl 键将光标移动到淡化线上，光标变为带加号的笔尖。单击淡化线，线上出现关键帧标记。使用这种方法可以根据素材编辑需要的关键帧的多少添加多个关键帧，如图 6-18 所示。

图 6-18　增加关键帧标记

用鼠标拖动关键帧标记，改变素材音量的大小。

第三部分：添加音频切换效果。

音频文件和视频文件一样可以使用切换效果。这里最常用的效果是"恒定放大"效果，可以实现音频文件的音量的淡入淡出控制。

（7）在"效果"面板中找到"音频切换效果"文件夹，将"交叉淡化"中的"恒定放大"效果使用鼠标拖动的方法放在时间轴音频轨道上需要加入切换效果的音频素材之间，如图 6-19 所示。单击刚加入的音频切换效果图标，可以在打开的"效果控制"选项卡中看见音频切换效果的属性。设置窗口中切换持续时间为 00:00:02:02，如图 6-20 所示。

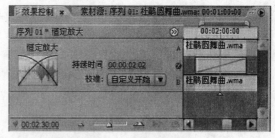

图 6-19　效果面板　　　　　　　　　图 6-20　更改音频过渡的时间

设置之后，音频文件在此处会产生音量"由低到高"或"由高到低"的变化。"恒定放大"切换效果使音频增益呈曲线变化。

注意：切换效果设置在素材入点，音量变化效果为"由低到高"；切换效果设置在素材出点，音量变化效果为"由高到低"。

（8）在"效果"面板中找到"音频切换效果"文件夹，将"交叉淡化"中的"恒定增益"效果使用鼠标拖动的方法放在时间轴音频轨道上需要加入切换效果的音频素材之间。单击刚加入的音频切换效果图标，可以在打开的"效果控制"选项卡设置窗口中切换持续时间为00:00:01:05。

设置之后，"恒定增益"切换效果使音频文件音频增益呈直线变化。

第四部分：使用音频特效加入回音效果。

音频文件和视频文件一样可以使用滤镜效果。

（9）在"效果"面板中找到"音频特效"文件夹，该文件夹只有三大类音频特效。在"立体声"选项中找到"延迟"滤镜，使用鼠标拖动的方法加入到时间轴音频 1 轨道中第二段音频上，如图 6-21 所示。

该滤镜的作用是将原音频文件中的内容以规定的间隔时间、强度进行重复播放。

（10）在"效果控制"选项卡中，找到"延迟"滤镜，其中包括 4 个参数。更改其中参数如图 6-22 所示。

图 6-21   音频特效中各选项

图 6-22   延迟滤镜参数设置

仔细听音频文件在此段的播放效果，发现出现回音现象。

第五部分：左右声道转化。

（11）在"效果"面板中的"音频特效"里，有"立体声"文件夹。找到里面的"均衡"特效，拖动到时间轴音频 1 第三段音频和第四段音频之中，用来实现声音在左右声道中摇移的效果。

（12）在"效果控制"选项卡中，找到"均衡"特效，如图 6-23 所示。将音轨中的第三段音频中的"均衡"滤镜中"均衡"参数数值设置为"-100"； 将音轨中的第四段音频中的"均衡"滤镜中"均衡"参数数值设置为"100"。

设置之后在时间轴窗口观看"音频标准电平表"的变化。当"均衡"的值更改为"-100.0"时，只有左声道有内容被显示如图 6-24 所示；当"均衡"的值更改为"100.0"时，只有右声道有内容被显示，如图 6-25 所示。

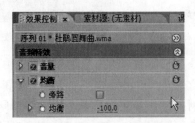

图 6-23   "均衡"音频特效

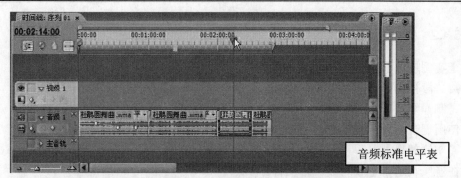

图 6-24　左声道放音

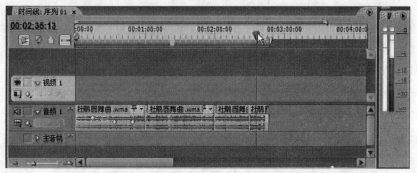

图 6-25　右声道放音

（13）将"时间指示器"移动到 00:01:30:13 处，把"均衡"值为"0"时，可以观察到"音频标准电平表"中，左右声道内都有内容被显示，如图 6-26 所示。

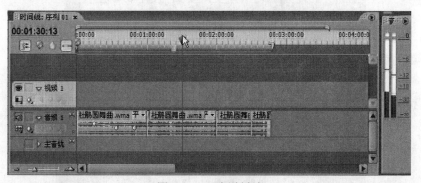

图 6-26　双声道播放

6.4　任务三：配音

6.4.1　相关知识

Premiere Pro CS3 中的混音台可以直接在计算机上完成解说或者配乐的工作。要使用配音功能，需要保证计算机的音频输入装置被正确连接。我们可以使用耳麦进行录音，录制的声音文件会成为音频轨道上的一个素材，也可以将该音频文件输出。

6.4.2   任务实现

【实例描述】

给一段视频配音。

【制作要点】

使用调音台录音的方法。

【实例效果】

在音频轨道中生成一段声音文件。

【操作步骤】

第一部分：导入素材。

（1）启动 Premiere Pro 程序，新建一个项目。文件模式为"常用"，文件名称为"配音"，打开工作窗口。

第二部分：用麦克配音。

（2）在"效果控制"窗口中，选择"调音台"标签，显示出"调音台"面板如图 6-27 所示。

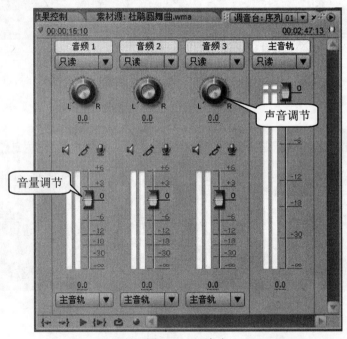

图 6-27   调音台

在调音台中，通常会有 3 个音频轨道的控制区，各自控制不同的音轨的工作情况。以音频 2 轨道为例：

：静音轨道。单击此按钮，该音轨上的音频文件被静音。

：独奏轨道。单击此按钮，其他音轨上的音频文件被静音。

：激活录制轨道。单击此按钮，系统允许使用麦克录音，录音的结果存放在该轨道中。

：调音台播放控制工具。

（3）开始录音。录音操作需要使用 3 个按钮顺序单击才能实现。

1）单击音频 1 轨道上的"激活录制轨道"按钮，该按钮变为红色。这表示希望在音频 1 轨道上存放将要录制的音频文件。

2）单击调音台播放工具中的"录制"按钮，表示希望进行录音操作。

3）单击调音台播放工具中的"播放/停止"按钮，表示录音开始/停止。

在录音的过程中，时间轴窗口中的时间指示器不断向后移动，音频 1 轨道上出现音频的波形。新录制的声音文件在音频轨道上的开始时间为录音之初时间指示器所在的位置。

这 3 个按钮只有按顺序选择后，才能够正确录音。想要结束录音，则将 3 个按钮按照相反顺序单击，录音结束。

（4）录音后，在"时间轴"窗口和"项目"窗口中都会出现新录制的音频文件，如图 6-28 和图 6-29 所示。

图 6-28　时间轴窗口　　　　　　　　　　图 6-29　项目窗口

第三部分：输出声音文件。

（5）选择"文件"→"导出"→"音频"命令，弹出"输出音频"对话框，如图 6-30 和图 6-31 所示。在对话框中输入文件名和保存位置。

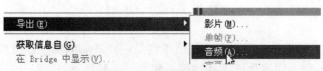

图 6-30　选择菜单选项

图 6-31　"输出音频"对话框

（6）单击"输出音频"对话框中的"设置"按钮，打开"导出音频设置"对话框，如图 6-32 所示。在其中选择输出文件类型和范围，通常可以保持它的默认参数。

（7）文件进行渲染，如图 6-33 所示。

 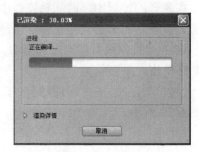

图 6-32　"导出音频设置"对话框　　　　　　　　　　图 6-33　渲染

6.5　小结

本章着重指出音频文件在编辑过程中的常用的基本知识，以及使用音频切换效果、音频特效、音频录制的方法。

好的视频剧本离不开好的背景音乐，音乐和声音的效果给影像节目带来的冲击力是令人震撼的。在 Premiere Pro CS3 中可以很方便地编辑音频效果，同时还提供了一些好的声音处理方法。

6.6　课后练习

1．将"音频的编辑"任务中音频 1 轨道下的第三段音频的播放速度变为"50%"，查看音频播放时间的变化。思考应该如何改变该段音频的"音频增益"。

2．将"音频的编辑"案例中音频无缝连接，变成一段连续的音频文件。

3．继续完善"优化音频"这个实验项目，使用本章学习的音频编辑方法，为音频文件加入更多的音频效果。熟练掌握音频文件编辑操作的基本流程。

4．使用教师所给出的"杜鹃圆舞曲"素材，将这个音频文件变成时而舒缓，时而欢快，时而悲伤的音乐。学生也可以加入适当的音频滤镜，使它的效果变得更加扑朔迷离。

素材来源：光盘\实例素材\第六章\"音频"文件夹。

5．继续"配音"这个实验项目。可以找到任意的视频文件为其加入配音效果。

第 7 章 案例综合

7.1 本章目的及任务

在视频编辑中，制作者不仅需要认真的工作态度，更需要新颖的创意、丰富的素材、开阔的眼界。正所谓"眼界决定世界"，多听、多看、多观察、多思考、多实践，势必会收获到一般人得不到的东西。

7.1.1 本章目的

- 故事板的建立
- 素材的选取
- 场景切换效果的应用
- 视频滤镜的应用
- 字幕的设计
- 音频文件的使用

7.1.2 本章任务

本章包含如下十二个视频制作的综合任务：

- 任务一：恭喜发财
- 任务二：手机短信
- 任务三：手绘图案
- 任务四：扇面
- 任务五：梦境
- 任务六：望远镜
- 任务七：制作倒计时片头
- 任务八：广告宣传片头效果
- 任务九：日全食
- 任务十：下乡记
- 任务十一：失败的拍摄
- 任务十二：电视特效

7.2 任务一：恭喜发财

【任务描述】

使用星光、鞭炮和动态字幕，制作一段宝宝恭喜新年的欢乐视频片头，效果如图 7-1 所示。

【制作要点】

● 字幕的动态设计。
● "效果控制"中"运动"、"旋转"选项的关键帧设置。
● 视频切换效果的设置。

【实例效果】

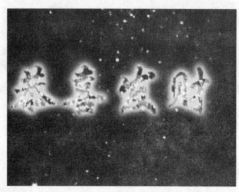

图 7-1　实例效果

【操作步骤】

第一部分：导入素材。

（1）启动 Premiere Pro 程序，新创建"恭喜发财"项目。文件模式为"常用"，打开工作窗口。

（2）在"项目"窗口空白处双击，导入"光盘\实例素材\第七章\恭喜发财"文件夹中相关文件到"项目"窗口中。

第二部分：制作对联。

（3）首先制作对联下方的红底：

在菜单栏"字幕"下拉菜单中选择"新建字幕"里的"默认静态字幕"，打开"新建字幕"对话框，为新建立的字幕起名为"对联红底"。

（4）在字幕工具栏中，选择矩形工具█，在编辑窗口中画出对联中需要的三个矩形，如图 7-2 所示。注意两个长矩形的大小要完全一致。可以使用"复制"、"粘贴"的方式制作。另外可以使用█对齐按钮，将对联的各个部分位置排列好。

图 7-2　对联红底

（5）选择字幕属性下的"填充"，将矩形填充为"红色"。关闭字幕编辑窗口。

（6）在"项目"窗口中，将"对联红底"字幕拖动到时间轴视频 1 上。

（7）制作对联字幕：在菜单栏"字幕"下拉菜单中选择"新建字幕"里的"默认静态字幕"，打开"新建字幕"对话框，为新建立的字幕起名为"对联"。

（8）在字幕编辑窗口中，选择"显示视频"选项。窗口中刚刚制作的对联红底出现在窗口之中。

（9）单击字幕工具栏中文字工具，在编辑区内合适位置上单击，在字幕属性中选字体"FangSong_GB2312"后输入文字"天增岁月人增寿"、"春满乾坤福满园"，横批"春满人间"。

（10）通过按钮来调整文字所在的位置和大小，使对联工整地出现在红底之上。

（11）在字幕属性中，选定"填充"，展开其选项，在"色彩"中选择黑色，如图 7-3 所示。

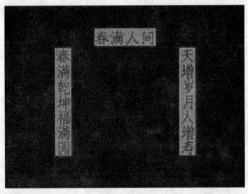

图 7-3　对联

（12）将此时的文件输出为视频文件。选择"文件"→"导出"→"影片"命令，弹出"输出影片"对话框，为视频起名"对联"。

在"项目"窗口中显示出刚输出的"对联"视频。

（13）删除视频 1 中有关对联的两个字幕。

第三部分：将对联做出展开效果。

（14）将"项目"窗口中"星光"视频导入到时间轴视频 1 起始位置上。改变"星光"视频的显示比例。

方法：将"时间轴"窗口的时间指示器移动到"星光"视频之上。单击"星光"视频，在"效果控制"窗口中，将"运动"下的"比例"调整为"213"。

（15）将"项目"窗口中"对联"视频拖动到时间轴视频 2 起始位置上。右击"对联"视频，在弹出的快捷菜单中选择"速度/持续时间"对话框，将"对联"和"星光"两段视频的显示时间同步。

（16）打开"效果"面板，在"视频切换效果"文件夹中"卷页"效果下找到"滚离"效果。使用鼠标拖动的方法，将此效果拖放到时间轴"对联"视频的前端。

（17）单击新加入的切换效果图标，在"效果控制"窗口中将"持续时间"修改为 00:00:03:22；将"校准"设置为"开始于切点"；切换方向为：从上到下；勾选"显示实际来源"。

在节目窗口中观察效果，对联缓缓在屏幕上打开，效果如图 7-4 所示。

图 7-4　对联展开的效果

第四部分：加入喜庆鞭炮。

（18）将"项目"窗口中"音乐 1"拖拽到时间轴音频 1 轨道上。使用剃刀工具在音乐 00:00:37:22 处分割，我们只保留前面一段音乐。

（19）将"项目"窗口中"婚礼鞭炮"多次拖拽到时间轴视频 2 和视频 3 之上。视频 2 中最前面的"婚礼鞭炮"视频紧挨在"对联"字幕的后面。共添加 7 次，具体位置如图 7-5 所示。

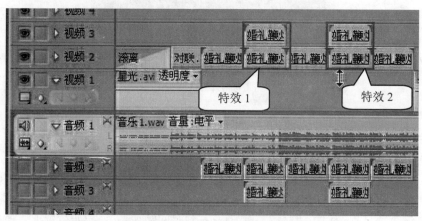

图 7-5　加入 7 段"婚礼鞭炮"视频

（20）依次单击视频 2 中 5 个"婚礼鞭炮"，在"效果控制"窗口中，将它们的"比例"都调整为"251"，使得它们能够在节目窗口中全屏显示。

（21）将时间指示器移动到 00:00:10:17 的位置，即图 7-5 中"特效 1"标注的位置。查看节目窗口中的内容。将视频 3 中的"婚礼鞭炮"视频比例恢复为"100"。因为视频 2 中的"婚礼鞭炮"是以比例"251"显示的，所以节目窗口呈现出"画中画"效果，如图 7-6 所示。

（22）在"效果控制"窗口中，将图 7-5 中"特效 2"区域内视频 3 轨道上的"婚礼鞭炮"视频的位置改为"540，288"；取消"等比"选项，高度比例为"249.5"，宽度比例为"109.6"；将其正方方视频 2 中的"婚礼鞭炮"位置改为"177.6，288"；取消"等比"选项，高度比例为"249.5"，宽度比例为"109.6"。此时，节目窗口中出现"双屏幕"效果，如图 7-7 所示。

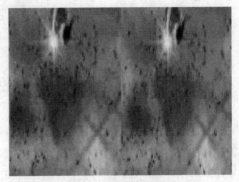

图 7-6　画中画效果　　　　　　　　　　　　图 7-7　双屏幕效果

（23）为几段视频都添加"叠化"切换效果：在"效果"面板中"视频切换效果"文件夹"叠化"效果里将"叠化"效果拖拽到需要的视频中。

（24）将"时间轴"窗口中音频 2、音频 3 轨道前端的  标志单击的方式去掉，使得整个文件只有音频 1 中的声音可以被播放出来。

在节目窗口中观看鞭炮视频播放情况，各阶段效果如图 7-8 所示。

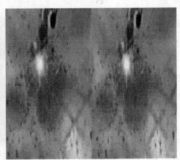

图 7-8　婚礼鞭炮特效

第五部分：添加人物图片。

（25）将"项目"窗口中"宝贝"图片素材拖动到时间轴视频 1 中，位置紧挨在最后一个"婚礼鞭炮"之后。在"效果控制"窗口中，使用"比例"修改图片的显示比例，使之全屏播放。

（26）在"效果"面板中"视频切换效果"文件夹的"叠化"切换效果里，将"叠化"切换效果拖拽到时间轴视频 1"宝贝"图片开头处。

（27）为"宝贝"图片设置不断放大的动态效果：单击"宝贝"图片，在"效果控制"窗口中，使用"比例"参数在 00:00:21:02 和 00:00:24:12 处设置两个关键帧。这两个比例参数分别为"33.2"和"49"。由此，当视频播放到这一时间段时，宝宝照片呈放大拉近的效果。

第六部分：加入"恭喜发财"字幕。

（28）将"项目"窗口中"星光"视频连续 2 次拖拽到时间轴视频 1"宝贝"素材之后。使用剃刀工具将视频 1 素材总长度和音频 1 轨道素材总长度修改为相同。

（29）在"效果"面板中"视频切换效果"文件夹"叠化"切换效果里，将"叠化"切换效果拖拽到时间轴视频 1"宝贝"图片与"星光"视频之间，效果如图 7-9 所示。

图 7-9　加入星光视频

（30）在菜单栏"字幕"下拉菜单中选择"新建字幕"里的"默认静态字幕"，打开"新建字幕"对话框，为新建立的字幕起名为"恭"。

（31）单击字幕样式中"方正行楷"样式，在编辑区内合适位置上单击，输入文字"恭"，字体大小设置为"67"。

此时，"项目"窗口中出现"恭"字幕。

（32）重复 30、31 的操作步骤，继续制作出"喜"、"发"、"财" 3 个字幕，要求每个字幕中只包含一个文字，文字的样式相同、位置不重复，且文字尺寸越来越大。

（33）修改"财"字幕：字幕样式默认的颜色为红色，通过将字幕属性中"填充"下的"高亮颜色"由"红色"修改为"金黄色"，效果如图 7-10 所示。

图 7-10　修改"财"字幕属性

（34）将"项目"窗口中的"恭"、"喜"、"发"三个字幕顺次拖拽到时间轴视频 2 中。最前面的字幕开始位置为 00:00:27:08。每个字幕显示持续时间为 00:00:01:05 左右，如图 7-11 所示。

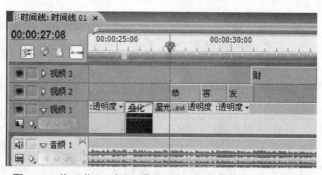

图 7-11　将"恭""喜""发""财"各字幕放在时间轴窗口

（35）将"项目"窗口中的"财"字幕拖拽到时间轴视频 3 中，显示位置与视频 2 中的"发"字幕搭界。将"财"字幕的显示时间调整为 00:00:03:00。

（36）在"效果"面板中"视频切换效果"文件夹的"叠化"切换效果里，将"叠化"效果拖拽到时间轴视频 2"恭"、"喜"、"发"、"财"字幕的开始和交界位置处，效果如图 7-12 所示。

图 7-12　为视频加入切换效果

（37）设置"财"字幕的运动方式：单击视频 3 中"财"字幕，在"效果控制"选项卡中将"运动"选项下的"定位点"参数更改，直到节目窗口中的锚点 ⊕ 标记移动到"财"字的中心上。

将时间线移动到 00:00:30:23 处，将"旋转"设置为 0，打开关键帧开关。

将时间线移动到 00:00:33:11 处，将"旋转"设置为 360。

观察"财"字的运动方式：在锚点指示处旋转 360°，如图 7-13 所示。

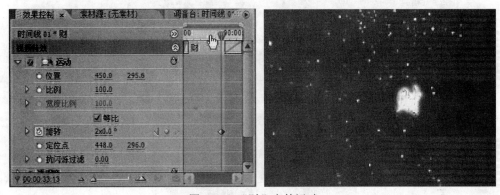

图 7-13　"财"字的运动

（38）在菜单栏"字幕"下拉菜单中选择"新建字幕"里的"默认静态字幕"，打开"新建字幕"对话框，为新建立的字幕起名为"恭喜发财"。

（39）单击字幕样式中"方正行楷"样式，在编辑区内合适位置上单击，输入文字"恭喜发财"，字体大小设置为"100"，通过 按钮来调整文字所在的位置。

（40）在字幕属性中，选定"填充"，展开其选项，在"纹理"中选择纹理图案为"纹理"，如图 7-14 所示。

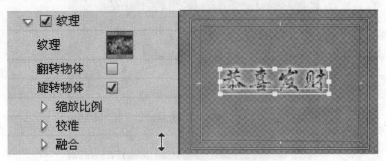

图 7-14　将字幕加入纹理效果

（41）将"恭喜发财"字幕从"项目"窗口拖拽到时间轴视频 3 中"财"字幕的后面。

（42）在"效果"面板中"视频切换效果"文件夹"拉伸"切换效果里找到"伸展入"，将该切换效果拖拽到时间轴视频 3 中"恭喜发财"字幕开始处。

该切换效果中 2 个相邻视频的切换是图像 B 放大进入，并会有一定的变形，同时图像 A 淡出，最终由图像 B 取代图像 A 的位置。

（43）单击视频 3 中"恭喜发财"字幕，设置"比例"参数，如图 7-15 至图 7-17 所示。

1）将时间线移动到 00:00:34:22 处，在"效果控制"窗口中将"运动"下"比例"设置为 107，打开关键帧开关。

2）将时间线移动到 00:00:35:23 处，将"缩放"设置为 178。

3）将时间线移动到 00:00:37:09 处，将"缩放"设置为 116。

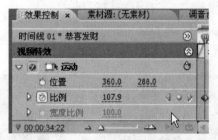

图 7-15　第一个关键帧的设置

图 7-16　第二个关键帧的设置

图 7-17　第三个关键帧的设置

在节目窗口中预览视频效果，如图 7-18 所示。

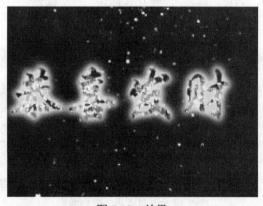

图 7-18　效果

7.3　任务二：手机短信

【任务描述】

制作一段手机正在编写短信的视频，如图 7-19 所示。

【制作要点】

- ● "效果控制"选项卡中"运动"选项下"透明"、"位置"的关键帧设置。
- ● 场景切换效果的设置。

【实例效果】

图 7-19　手机短信实例效果

【操作步骤】

第一部分：导入素材。

（1）启动 Premiere Pro 程序，新创建"手机短信"项目。文件模式为"常用"，打开工作窗口。

（2）在"项目"窗口空白处双击，导入"光盘\实例素材\第七章\手机短信"文件夹中相关文件到"项目"窗口中。

第二部分：制作闪烁光标。

（3）使用鼠标将"女孩 2"拖拽到视频 1 中，作为背景图片。在"效果控制"中，将"女孩 2"的"比例"调整为"32"。

（4）将"手机"图片拖拽到视频 2 中，在"效果控制"中将其"位置"调整为"145.9，360.8"，比例不变。

（5）将"手机"图片白色边缘去掉：将"效果"面板中"视频特效"下"键"中"亮度键控"滤镜拖拽到视频 2"手机"素材之上。

（6）在"效果控制"中"亮度键控"效果下，将"界限"调整为"0"；将"截断"调整为"4"。此时，手机图案周围的白色边缘变透明，但手机屏幕上的浅黄色背景还保留着。

（7）在菜单栏"字幕"下拉菜单中选择"新建字幕"里的"默认静态字幕"，打开"新建字幕"对话框，为新建立的字幕起名为"光标"。

（8）在字幕工具栏中，勾选"显示视频"。选择直线工具，在编辑窗口中合适位置上画一条竖线，填充色彩为橘黄色，没有光泽、阴影效果。我们将利用这条竖线制作闪烁的光标。

（9）将"光标"字幕连续 2 次拖拽到时间轴视频 3 上，其起始时间为 00:00:00:02。将每个"光标"字幕利用右键菜单中的"速度/持续时间"修改为显示 1 秒钟，即 00:00:01:00，如图 7-20 所示。

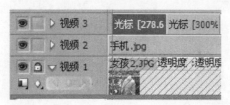

图 7-20   加入 2 个光标

（10）单击时间轴视频 3 中第一个"光标"字幕。在"效果控制"中找到"透明"选项。将时间线移动到 00:00:00:13 处，把"透明"调整为"100"，打开关键帧开关。将时间线移动到 00:00:00:14 处，"透明"调整为"0"，系统自动添加第二个关键帧，如图 7-21 所示。这两个关键帧的作用是"光标"字幕在 0 秒 13 帧到 0 秒 14 帧之间由完全不透明（有光标）到完全透明（光标消失），进而实现光标闪烁的现象。

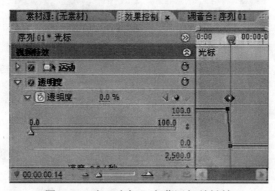

图 7-21   为"光标"字幕添加关键帧

（11）右击视频 3 中第一个"光标"字幕，在弹出的快捷菜单中选择"复制"命令。右击第二个"光标"字幕，选择"粘贴属性"命令。此操作会将第二个"光标"字幕的属性设置值与前面的"光标"字幕属性完全相同，即在同一位置都设置相同的关键帧。播放视频，光标在手机窗口连续闪烁 2 次。

第三部分：出现字幕。

（12）在菜单栏"字幕"下拉菜单中选择"新建字幕"里的"默认静态字幕"，打开"新建字幕"对话框，为新建立的字幕起名为"1"。

（13）单击字幕样式中"方正行楷"发光样式，在编辑区内合适位置上单击，输入文字"妈妈我"。字体大小设置为"39"。

（14）在字幕编辑窗口中单击 ▣ 建立一个与"1"相同的字幕，在"新建字幕"对话框为新建立的字幕起名为"2"。

（15）在编辑区内合适位置上单击，输入文字"想你！"。删除字幕中多出的"妈妈我"三个字。

（16）通过 � 按钮来调整两个字幕中文字所在的位置和大小，使"妈妈"刚好在光标闪烁的位置。

（17）将字幕"1"和字幕"2"拖拽到视频 3 和视频 4 相应的位置之上，如图 7-22 所示。字幕"2"开始时间为 00:00:03:12。注意：当前时间轴只有 3 个视频轨道，当把字幕"2"拖拽到视频 3 轨道上方时，时间轴窗口会自动添加一条视频轨道，如图 7-22 所示。

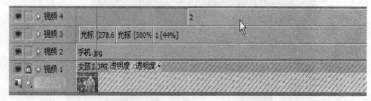

图 7-22　加入字幕 1、字幕 2

（18）将视频 1 到视频 4 内所有素材的总显示长度都截止到 00:00:10:00 秒。

（19）打开"效果"面板，在"视频切换效果"文件夹中"擦除"效果下找到"擦除"选项。使用鼠标拖动的方法将此效果拖放到时间轴字幕"1"和字幕"2"的前端。

该场景切换效果是在 2 个相邻的视频过渡中以图像 B 逐渐扫过图像 A 并逐渐取代图像 A 的位置。

（20）双击字幕"1"新加入的切换效果图标，在"效果控制"窗口，将"持续时间"都修改为 00:00:02:10；将"排列"设置为"自定义开始"；勾选"显示实际来源"选项。设置切换方向为：从左到右；切换开始"9.9"；切换结束为"34.2"，如图 7-23 所示。

（21）双击字幕"2"新加入的切换效果图标，在"效果控制"窗口中将"持续时间"都修改为 00:00:01:15；将"排列"设置为"开始在切点"；勾选"显示实际来源"选项。设置切换方向为：从左到右；切换开始为"11.7"；切换结束为"28.8"，如图 7-24 所示。观察设置效果，字幕"1"和字幕"2"中文字顺次出现，仿佛有人正在输入。

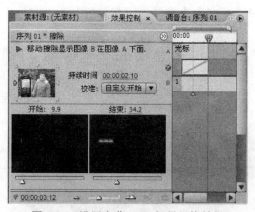

图 7-23　设置字幕"1"场景切换效果

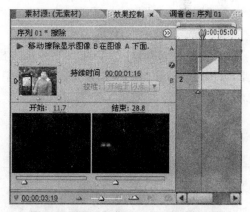

图 7-24　设置字幕"2"场景切换效果

7.4　任务三：手绘图案

【任务描述】

使用字幕工具制作一幅图画，如图 7-25 所示。

【制作要点】

熟练掌握字幕工具的应用，能够绘画简单手绘图案。

【实例效果】

图 7-25　"手绘图案"实例效果

【操作步骤】

第一部分：创建文件。

（1）启动 Premiere Pro 程序，新创建"手绘图案"项目。文件模式为"常用"，打开工作窗口。

本案例所有素材完全手工绘制，不需素材导入过程。

第二部分：使用字幕制作太阳。

（2）在菜单栏"字幕"下拉菜单中选择"新建字幕"里的"默认静态字幕"，打开"新建字幕"对话框，为新建立的字幕起名为"背景"。

（3）在字幕工具栏中，单击选择椭圆工具 ⬭。使用 Shift 键和鼠标联合在字幕编辑窗口中画一个正圆形，如图 7-26 所示。在字幕属性中"填充"选项里"填充类型"选"实色"填充，"色彩"选"红色"。

（4）在字幕编辑窗口中，单击字幕工具栏中直线工具 ✎，用鼠标在字幕编辑窗口中围绕红色的圆形画出太阳光芒。线条在字幕属性中"填充"选项里"填充类型"选"实色"填充，"色彩"选"红色"，效果如图 7-27 所示。

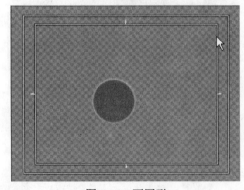

图 7-26　画圆形

图 7-27　绘制好的太阳

第三部分：使用字幕制作小屋。

（5）在菜单栏"字幕"下拉菜单中选择"新建字幕"里的"默认静态字幕"，打开"新建字幕"对话框，为新建立的字幕起名为"屋"。

（6）在字幕编辑窗口工具栏中，单击选择三角形工具 。使用 Shift 键和鼠标联合在字幕编辑窗口中画一个等腰三角形。在字幕属性中"填充"选项里"填充类型"选"实色"填充，"色彩"选"浅黄色"。

（7）使用旋转工具 ，将三角形旋转如图 7-28 所示，这是屋子的房顶。

（8）在字幕编辑窗口中，单击字幕工具栏中矩形工具 ，用鼠标在编辑窗口拉出一个矩形，"填充类型"选"实色"填充，"色彩"选"浅黄色"。通过 按钮来调整调整矩形位置，如图 7-29 所示。

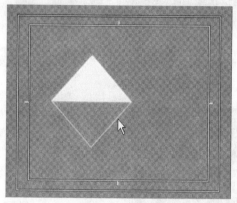

图 7-28　屋顶

图 7-29　小屋

（9）使用矩形工具 ，在房子内画一个矩形，"填充类型"为"实色"，"填充颜色"为"白色"，作为窗子的白色窗口。为矩形描边：添加外侧边，"类型"为"边缘"，"大小"为1，"填充类型"为"实色"，"色彩"为"黑"，效果如图 7-30 和图 7-31 所示。

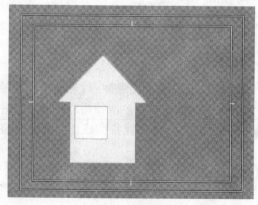

图 7-30　白色窗口

图 7-31　矩形窗的属性设置

（10）使用工具栏中直线工具 ，在窗口内画出十字线条，填充颜色为"深灰色"，填充类型为"实色"，如图 7-32 所示。

（11）使用矩形工具 ，在房子内画一个门。矩形"填充类型"为"实色"，"填充颜色"

为"白色"，为矩形描边：添加外侧边，"类型"为"边缘"，"大小"为"1"，"填充类型"为"实色"，"色彩"为"黑"，效果如图 7-33 所示。

 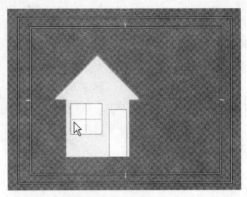

图 7-32　画窗口内十字线条　　　　　　　　　　　图 7-33　画门

（12）使用矩形工具█，在房上画一个烟囱。矩形"填充类型"为"实色"，"填充颜色"为"白色"，矩形无描边，效果如图 7-34 所示。

图 7-34　烟囱

此时，一个卡通的小房子就画好了。

第四部分：画炊烟。

（13）单击工具栏中钢笔工具█，绘制两个闭合多边形，形成炊烟的形状。

方法：钢笔状鼠标单击字幕编辑窗口，在窗口中出现线条起点标志。在第二个位置处单击并拖动，随着鼠标拖动方向的改变，出现一条带手柄的曲线。多次使用"鼠标单击并拖动"的方法，则绘制出多边形的曲线。将鼠标最后在起点处单击，线条变成闭合状，如图 7-35 所示。

（14）右击刚画好的闭合曲线，在弹出的快捷菜单中选择"填充类型"中的"填充贝塞尔曲线"，如图 7-36 所示。

刚才的空心曲线内出现填充颜色，效果如图 7-37 所示。

（15）在字幕编辑窗口的右侧设置曲线的属性：将"填充类型"设置为"放射渐变"。双击"色彩"中左侧的█标志，出现"颜色拾取"对话框，选取"白色"。同样方法将另外一种颜色设置为"浅蓝色"。这样就完成了对炊烟图案的色彩填充工作，如图 7-38 所示。

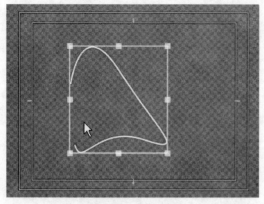

图 7-35　绘制曲线

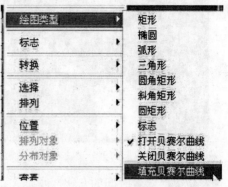

图 7-36　选择"填充贝塞尔曲线"

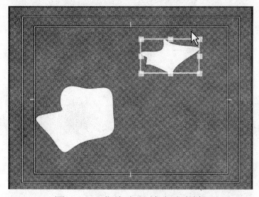

图 7-37　曲线内部填充上颜色

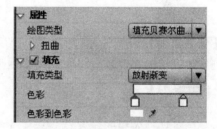

图 7-38　曲线的填充属性

第五部分：将炊烟、屋、太阳整合为一幅动态图画。

（16）将画太阳的"背景"、"屋"和"炊烟"字幕分别从"项目"窗口中拖拽到时间轴窗口的视频 1 到视频 3 中，如图 7-39 所示。我们在视频 3 中多次使用"炊烟"字幕。

图 7-39　将字幕放入时间轴窗口

（17）单击视频 1、视频 2 的轨道锁标志，将两个轨道内容锁定。

（18）单击视频 3 中的第一段"炊烟"字幕。在"效果控制"选项卡下的"运动"选项里，将其位置设置关键帧：

1）将时间指示器拖动到"炊烟"字幕开始的位置，单击节目窗口，出现"炊烟"的位置边缘线，如图 7-40 所示。使用鼠标调节字幕的比例和位置。打开位置左侧关键帧开关。

2）将时间指示器移动到"炊烟"字幕的结束位置，使用鼠标在节目窗口将"炊烟"向右上处拖动，屏幕上出现其运动的轨道，如图 7-41 所示。

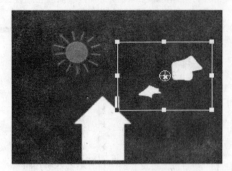
图 7-40　炊烟的第一个位置关键帧

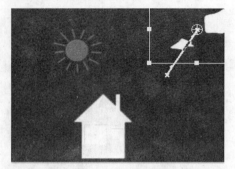
图 7-41　炊烟的第二个位置关键帧

查看结果，随着时间的变化，炊烟在上升，飘动。

（19）右击视频 3 中第一段"炊烟"，选择"复制"命令；右击其余的"炊烟"字幕，选择"粘贴属性"命令。

这样，一幅动态的手绘图案就做好了。

7.5　任务四：扇面

【任务描述】

制作一段扇面徐徐展开出现诗句的视频，如图 7-42 所示。

【制作要点】

● 　"效果控制"里"运动"选项中"旋转"、"定位点"、"位置"的关键帧设置。
● 　场景切换效果的设置。
● 　字幕的创建。

【实例效果】

图 7-42　"扇面"实例效果

【操作步骤】

第一部分：导入素材。

（1）启动 Premiere Pro 程序，新创建"扇面"项目。文件模式为"常用"，打开工作窗口。

（2）在"项目"窗口空白处双击，导入"光盘\实例素材\第七章\扇面"文件夹中相关文件到"项目"窗口中。

第二部分：制作展开的扇面。

（3）将"项目"窗口中"白色背景"文件导入到时间轴视频 1 起始位置上，显示总时间调整为 00:00:07:00。

（4）将"项目"窗口中"扇面 2"图片拖动到时间轴视频 2 的 00:00:00:00 位置上，并使用"速度/持续时间"对话框，将"扇面 2"显示时间 00:00:06:10。

（5）打开"效果"面板，在"视频切换效果"文件夹中"擦除"效果下找到"时钟擦除"效果。使用鼠标拖动的方法将此效果拖放到时间轴"扇面 2"视频的前端。

（6）单击新加入的切换效果图标，在"效果控制"窗口中将"持续时间"修改为 00:00:04:23；将"排列"设置为"开始于切点"；过渡方向为：从左到右；勾选"显示实际来源"。

（7）在节目窗口中观察扇面展开的切换效果，根据显示情况将"效果控制"中的"位置"调整为"359.7，210.6"，将"缩放"调整为"22"。此时，扇子的轴心点刚好是时钟擦除的中心点。在时钟擦除显示过程中，扇面徐徐打开，如图 7-43 所示。

图 7-43　展开的扇面

第三部分：加入扇柄。

此操作是本案例中最烦琐的部分。

（8）将"项目"窗口中"扇柄"拖拽到时间轴视频 3 轨道上。将其与视频 2 中的扇面显示初始位置相同，如图 7-44 所示。

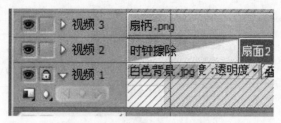

图 7-44　时间轴上素材的排列

（9）将"效果"面板中视频特效下"键"特效中"亮度键控"滤镜拖拽到视频 3"扇柄"之上。

该键控依画面中的亮度值创建透明，屏幕上亮度越低的像素点越透明。它是用于含有高对比度区域的图像。

（10）在"效果控制"中"亮度键控"效果下，将"界限"调整为"0"；将"截断"调整为"100"。此时，扇柄图案周围的白色边缘变透明。

（11）单击"扇柄"，在"效果控制"中将扇柄"比例"调整为"60.9"。

（12）单击节目窗口中的"扇柄"，图片中出现⊕标记，为定位点标记。以后在为素材设置"旋转"的时候，旋转的中心点就是这个"定位点"。将定位点调整为"53.5，438"，此时的定位点标记与扇柄的把手处重合。这样会使扇柄在后来的旋转中都以扇柄的下端点为基准，如图 7-45 和图 7-46 所示。

　　　　图 7-45　定位点调整前　　　　　　　　图 7-46　定位点调整后

（13）将扇柄的"位置"调整为"352.5，283.5"，"旋转"调整为"-99.6"，使扇柄和扇面的左侧边缘位置相吻合。

（14）设置扇柄旋转过程中的关键帧，如表 7-1 所示。

表 7-1　扇面展开各关键帧设置

关键帧号	设置时间	旋转角度	关键帧号	设置时间	旋转角度
1	00:00:00:10	-97.3	6	00:00:01:11	-15.6
2	00:00:00:14	-87.1	7	00:00:01:18	4.4
3	00:00:00:17	-76.6	8	00:00:01:23	20.6
4	00:00:01:00	-47.6	9	00:00:02:03	34.5
5	00:00:01:06	-29.6	10	00:00:02:10	41.4

注意：此时的关键帧设置得越多，视频显示过程中扇柄与扇面的吻合程度就越好。

此时，节目窗口的扇面将随着扇柄的移动缓缓展开，如图 7-47 所示。

图 7-47　扇面正在展开

第四部分：加入诗句。

（15）在菜单栏"字幕"下拉菜单中选择"新建字幕"里的"默认静态字幕"，打开"新建字幕"对话框，我们为新建立的字幕起名为"1"。

（16）单击字幕样式中"方正行楷"发光样式，使用垂直文本输入按钮 在编辑区内合适位置单击，输入 4 列文字"去年花里逢君别"、"今日花开有一年"、"世事茫茫难自料"、"春愁黯黯独成眠"，字体大小设置为"39"，如图 7-48 所示。

（17）使用 Shift 键和鼠标同时选定 4 句文字。单击字幕动作中下对齐、"垂直居中"和"水平居中"按钮，将 4 句话在屏幕中安排好位置，如图 7-49 所示。

图 7-48　未对齐的文字　　　　　　　　　　图 7-49　对齐的文字

（18）单击字幕编辑窗口中的 "基于当前字幕新建字幕"图标，另外建立"2"、"3"、"4"字幕。将每个字幕留下各自不同的一句话，多余的部分删除。

此时，"项目"窗口中出现"1"、"2"、"3"、"4"共 4 个字幕。

（19）将 4 个字幕分别拖拽到视频 4 到视频 7 轨道中，具体位置如图 7-50 所示。

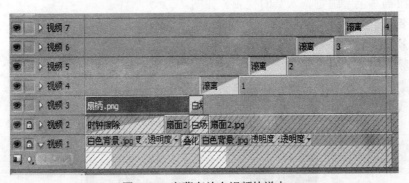

图 7-50　字幕存放在视频轨道中

（20）在"效果"面板中的"视频切换效果"里找到"卷页"下的"滚离"切换效果。将该效果拖拽加入到视频 4 到视频 7 中 4 个字幕素材的起始处。将所有素材的切换效果的持续时间设置为 00:00:02:10；切换方向为：从上到下，如图 7-51 所示。

（21）加入诗句背景：将"扇面 2"素材拖放到视频 2 中第一个"扇面 2"素材之后。改变它的"效果控制"选项卡中比例为"43"，位置为"360，399.2"，透明度为"30"。

（22）将视频 1 中再次添加"白色背景"素材。将除了视频 3 以外所有的视频轨道素材显示时间统一到 00:00:19:00。

（23）在"效果"面板中的"视频切换效果"中找到"叠化"切换效果中的"白场"切换效果，加入视频 3 中"扇柄"视频的尾部，持续时间为 00:00:00:22。

（24）使用相同的方法将"白场"切换效果加入第一段"扇面 2"素材的尾部，注意：一定将其切换开始时间与"扇柄"切换开始时间设置相同，如图 7-50 所示。

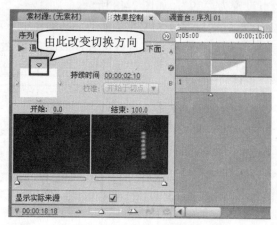

图 7-51   切换效果的设置

现在在节目窗口中观看编辑后结果，一幅折扇缓缓展开，然后有 4 句诗词出现在屏幕之上。

7.6   任务五：梦境

【任务描述】

制作一段描写宝宝睡觉、入梦的视频，如图 7-52 所示。

【制作要点】

- "效果控制"中"运动"选项里"位置"的设置。
- 视频切换效果的设置。
- "颜色键"和"亮度键"滤镜的使用。

【实例效果】

图 7-52   实例效果

【操作步骤】

第一部分：导入素材。

（1）启动 Premiere Pro 程序，新创建"梦境"项目。文件模式为"常用"，打开工作窗口。

（2）在"项目"窗口空白处双击，导入"光盘\实例素材\第七章\梦境"文件夹中相关文件到"项目"窗口中，如图 7-53 所示。

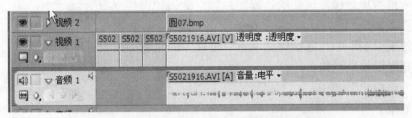

图 7-53　将素材放入视频轨道中

（3）分别单击 3 幅视频 1 中的图片素材，在"效果控制"选项卡中将它们的"比例"调整为"33"。

（4）将视频 1 中的 2 段动态素材使用同样的方法，将其"比例"修改为"241"。

（5）将视频 2 中的"圆 07"素材的"比例"改变为"203"。

通过步骤（3）～（5）的操作，视频轨道中的所有素材显示画面都与节目窗口的大小相匹配了。

第二部分：加入"亮度键"滤镜。

（6）在"效果"面板中的"视频特效"下，找到"键"中的"亮度键"滤镜。使用鼠标拖拽的方法，将其拖动到视频 2 中"圆 07"素材上。

（7）在"效果控制"选项卡中，找到新加入的"亮度键"滤镜，该滤镜下有 2 个参数更改设置，如图 7-54 所示。

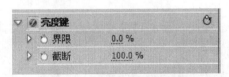

图 7-54　"亮度键"滤镜参数

此时，"圆 07"素材的中间白色部分变得透明，显示视频 1 中的内容。

（8）在"效果"面板中的"视频切换效果"下，找到"叠化"切换效果中的"叠化"子效果，分别加入到各素材的连接处，如图 7-55 所示。

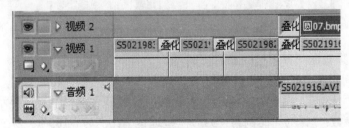

图 7-55　将"叠化"效果加入到所有素材的连接处

一段生动的视频就做好了。

7.7　任务六：望远镜

【任务描述】

制作一段模拟望远镜看远处的过程的视频，效果如图 7-56 所示。

【制作要点】

- "效果控制"中"运动"选项里"位置"的设置、放大。
- "亮度键控"滤镜。
- "方向虚化"滤镜。

【实例效果】

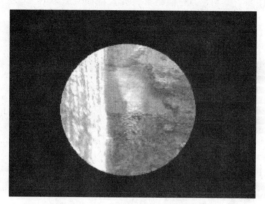

图 7-56　"望远镜"实例效果

【操作步骤】

第一部分：导入素材。

（1）启动 Premiere Pro 程序，新创建"望远镜"项目。文件模式为"常用"，打开工作窗口。

（2）在"项目"窗口空白处双击，导入"光盘\实例素材\第七章\望远镜"文件夹中相关文件到"项目"窗口中，如图 7-57 所示。"瀑布"素材结束时间为 00:00:09:02；"果树"素材结束时间为 00:00:15:11。

图 7-57　素材在视频轨道内的放置

（3）调整视频轨道上各素材的显示比例。

方法：将时间指示器移动到相关素材处。单击该素材，在"效果控制"选项卡下的"运动"选项中找到"比例"。调整"比例"参数数值，直到节目窗口中素材显示大小符合我们的要求为止。建议参数："瀑布"比例为"33"，"望远镜"比例为"185"，"果树"、"虫子"的比例为"22"。

第二部分：制作字幕效果。

（4）在菜单栏"字幕"下拉菜单中选择"新建字幕"里的"默认静态字幕"，打开"新建字幕"对话框，为新建立的字幕起名为"字幕 01"。

（5）单击字幕样式中"方正行楷"发光样式，在编辑区内合适位置单击，输入文字"那边风景挺好，快拿望远镜看看"。字体大小设置为"39"，字体填充颜色为"黑色"。

（6）在字幕编辑窗口中，选择"显示视频" 🖳 选项。

（7）通过 ▶ 按钮来调整文字所在的位置和大小，效果如图 7-58 所示。

图 7-58　字幕 01 效果

第三部分：制作望远镜效果。

（8）将视频 2 中"望远镜"图片的开始时间和结束时间分别设为 00:00:04:00 和 00:00:22:23。

（9）将"效果"面板中"视频特效"下"键"中的"亮度键"滤镜拖拽到视频 2"望远镜"之上。

（10）在"效果控制"中"亮度键"效果下，将"界限"调整为"0"；将"截断"调整为"100"。此时，望远镜中心的白色镜片变透明，望远镜内部视频正常播放，如图 7-59 和图 7-60 所示。

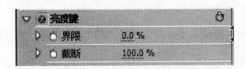

图 7-59　"亮度键"滤镜设置　　　　　　　　　图 7-60　望远镜效果

（11）为模仿望远镜的效果，我们需要在"瀑布"素材上对其"比例"和"位置"进行关键帧的设置：具体参数见表 7-2 和表 7-3 所示。

1）位置关键帧的设置。

表 7-2　位置关键帧参数的设置

关键帧序号	关键帧设置时间	素材位置
1	00:00:04:12	360.5，287.7
2	00:00:06:12	409.4，264.8
3	00:00:08:10	537.4，245.3

设置后在望远镜中景色有一个移动的过程，仿佛是人正在用望远镜寻找什么。

2）比例关键帧的设置。

表 7-3　比例关键帧参数设置

关键帧序号	关键帧设置时间	素材比例
1	00:00:05:03	35.1
2	00:00:06:09	54.7
3	00:00:07:18	44

设置后在望远镜中景色有放大、变小的过程，仿佛是正在调整望远镜的焦距。

（12）为"瀑布"素材加入"方向模糊"滤镜。在"效果"面板中的"视频特效"下找到"模糊&锐化"滤镜效果组。将其中的"方向模糊"滤镜使用鼠标拖拽的方式加入到视频 1"瀑布"素材上。该滤镜可以使视频产生一个具有方向性的模糊感，可模仿望远镜移动中的变焦效果。

（13）在"效果控制"选项卡中的"方向模糊"滤镜里有 2 个参数：方向和模糊长度。我们为其设置 2 个关键帧，如表 7-4 所示。

表 7-4　方向模糊关键帧参数的设置

关键帧	第一个关键帧		第二个关键帧	
	时间	参数值	时间	参数值
方向	00:00:08:01	0	00:00:09:02	30
模糊长度	00:00:08:01	0	00:00:09:02	32

（14）使"果树"素材产生在望远镜中移动的效果。

为"果树"素材设置位置关键帧。

1）将时间指示器移动到 00:00:10:03，"位置"设置为：360.3，288；

2）将时间指示器移动到 00:00:14:20，"位置"设置为：410.7，294.8。

（15）为"果树"添加"方向模糊"滤镜。方法同步骤（11）。设置"方向模糊"关键帧参数，如表 7-5 所示。

表 7-5　"方向模糊"关键帧参数设置

关键帧	第一个关键帧	第二个关键帧	第三个关键帧	第四个关键帧
时间	00:00:09:02	00:00:09:18	00:00:14:20	00:00:15:11
方向	30	0	0	30
模糊长度	30	0	0	30

（16）使"虫子"素材在望远镜里产生移动、放大的效果。为"虫子"素材设置位置关键帧。

1）将时间指示器移动到 00:00:16:10，"位置"设置为：387.9，303.8；

2）将时间指示器移动到 00:00:19:06，"位置"设置为：332.6，303.8。

（17）为"虫子"素材设置比例关键帧。

1）将时间指示器移动到 00:00:19:04，"比例"设置为：23；

2）将时间指示器移动到 00:00:21:07，"比例"设置为：42。

（18）为"虫子"添加"方向模糊"滤镜。方法同步骤（11）。其关键帧参数设置如下：

1）将时间指示器移动到 00:00:15:11，"方向"设置为：29，"模糊长度"设置为：56；

2）将时间指示器移动到 00:00:17:01，"方向"设置为：0，"模糊长度"设置为：0。

第四部分：添加旁白字幕。

（19）在菜单栏"字幕"下拉菜单中选择"新建字幕"里的"默认静态字幕"，打开"新建字幕"对话框，为新建立的字幕起名为"字幕 02"。

（20）单击字幕样式中"方正行楷"发光样式，在编辑区内合适位置上单击，输入文字"有一棵果树"。字体填充颜色为"红色"。

（21）在字幕编辑窗口中，选择"显示视频"选项。通过按钮来调整文字所在的位置和大小，效果如图 7-61 所示。

图 7-61 字幕 02 的效果

（22）将"字幕 02"拖放到视频 3 轨道中。起始位置为 00:00:07:08 结束位置为 00:00:11:09，如图 7-62 所示。

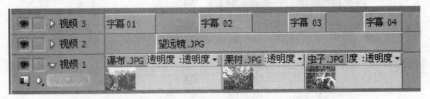

图 7-62 各字幕显示的位置

（23）重复步骤（19）～（21），分别建立"字幕 03"和"字幕 04"，文字内容为"有人在捉虫子"，"好大的虫子"。字体的颜色均为"红色"。"字幕 03"的开始位置为 00:00:14:03，结束位置为 00:00:17:03；"字幕 04"的开始位置为 00:00:20:00，结束位置为 00:00:23:00。

　　在节目窗口中预览视频制作效果，一个模仿望远镜调焦、远望的视频就做好了。

7.8　任务七：制作倒计时片头

【任务描述】

学会引用现成的倒计时片头，并且会使用字幕自己制作倒计时片头，效果如图 7-63 所示。

【制作要点】

● 　系统中自带"通用倒计时片头"效果的引用。

● 　字幕设计。

● 　视频轨道的安排。

● 　场景切换效果的合理应用。

【实例效果】

图 7-63　　"制作倒计时片头"实例效果

【操作步骤】

第一部分：学习使用现成的计数前导。

　　（1）启动 Premiere Pro 程序，新创建"制作倒计时片头"项目。文件模式为"常用"，打开工作窗口。

　　（2）选择"文件"→"新建"→"通用倒计时片头"命令，弹出"通用倒计时片头设置"对话框，如图 7-64 和图 7-65 所示。

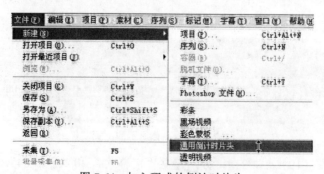

图 7-64　加入现成的倒计时片头

（3）单击"确定"按钮，则在程序"项目"窗口中出现"倒计时片头"素材，如图 7-66 所示。

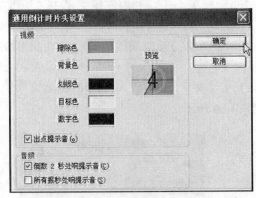

图 7-65　"通用倒计时片头"对话框　　　　图 7-66　在"项目"窗口中预览

（4）将该素材使用鼠标拖拽到时间轴视频 1 中，如图 7-67 所示。这样，我们就把系统自带的"通用倒计时片头"文件顺利导入视频。

图 7-67　视频轨道中的倒计时片头

第二部分：自己制作倒计时片头。

制作"倒计时片头"的主要手段是合理使用字幕及场景切换效果。

（5）制作背景颜色图片。我们使用 Photoshop 软件来制作两个背景颜色图片素材。一个颜色为浅灰，另一个颜色为深灰。将两个背景颜色图片分别以内部颜色命名。

（6）双击程序"项目"窗口空白处，将"制作倒计时片头"文件夹中"浅灰"、"深灰"图片导入"项目"窗口。

（7）将"浅灰"图片使用鼠标拖拽到时间轴视频 1 中，利用右键菜单中"速度/持续时间"将持续时间改为 00:00:09:10。将"深灰"图片使用鼠标拖拽到时间轴视频 2 中与"浅灰"的开始时间对齐，利用右键菜单中"速度/持续时间"将持续时间改为 00:00:00:24，如图 7-68 所示。

（8）将"效果"面板中"视频切换效果"文件夹里"擦除"中的"时钟擦除"切换效果用鼠标拖动到视频 2 中"深灰"图片上，如图 7-69 所示。

图 7-68　加入深灰图片

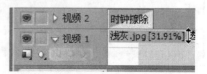
图 7-69　加入时钟擦除过渡

（9）双击该切换效果图标，编辑切换效果效果：设置持续时间时间为 00:00:00:24；校准为：开始于切点；切换方向：从上方开始；边宽：4；边色：黑；勾选显示实际来源。在节目窗口中查看设置结果如图 7-70 所示。

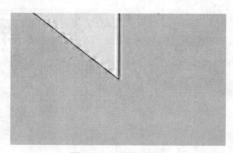
图 7-70　切换效果

（10）重复步骤（7）～（9），将 9 段"深灰"图片拖动到视频 2 中，图片显示时间均为 00:00:00:24，各图片时间间隔为 00:00:00:01，分别为每个图片加入时钟擦除场景切换效果，过渡属性与步骤（9）中内容相同，如图 7-71 所示。

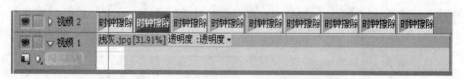
图 7-71　9 段"深灰"素材及其过渡

（11）在菜单栏"字幕"下拉菜单中选择"新建字幕"里的"默认静态字幕"，打开"新建字幕"对话框，为新建立的字幕起名为"图案"。

（12）在字幕编辑窗口中，不选择"显示视频"。单击字幕工具栏中直线工具 ，在编辑区内合适位置上按住 Shift 键并单击鼠标画一条水平直线和一条垂直直线。单击水平直线，在字幕属性中设置"线宽"为 1，填充"色彩"为黑色；单击垂直直线，在字幕属性中设置"线宽"为 1，填充"色彩"为深灰色。

（13）分别单击两条直线，在"字幕动作"工具中，找到水平居中按钮和垂直居中按钮，使两条直线在水平和垂直方向上都居中。

（14）在字幕编辑窗口中，单击字幕工具栏中椭圆工具，在编辑区内合适位置上按住 Shift 键并单击鼠标拖动画出两个大小不等的正圆。分别单击两个圆形图案，在字幕属性中设置"填充类型"为"消除"；"描边"里添加"内侧边"，"大小"为"4"，"填充颜色"为"白色"，如图 7-72 所示。

（15）分别单击两个正圆，在"字幕动作"工具中，找到水平居中按钮和垂直居中按钮，使两个圆在水平和垂直方向上都居中，如图 7-73 所示。

图 7-72 椭圆属性

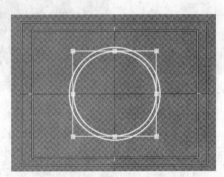

图 7-73 "图案"字幕

（16）将"图案"字幕多次使用鼠标拖拽到时间轴视频 3 中与"深灰"的开始时间、结束时间都对齐，即将其持续时间改为 00:00:00:24，如图 7-74 所示。

图 7-74 加入"图案"字幕

在节目窗口中观察加入字幕后的效果，如图 7-75 所示。

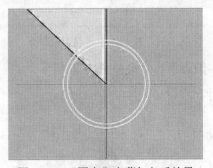

图 7-75 "图案"字幕加入后效果

（17）在菜单栏"字幕"下拉菜单中选择"新建字幕"里的"默认静态字幕"，打开"新建字幕"对话框，为新建立的字幕起名为"1"。

（18）单击字幕样式中"方正行楷"发光样式，在编辑区内合适位置单击，输入数字"1"，字体填充颜色为"黑色"。

（19）在字幕编辑窗口中，选择"显示视频"⬚选项。

（20）通过▶按钮来调整文字的大小。在"字幕动作"工具中，找到水平居中按钮⬚和垂直居中按钮⬚，使数字在水平和垂直方向上都居中，效果如图 7-76 所示。

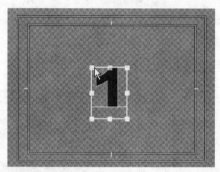

图 7-76　将数字在窗口中居中

（21）重复（17）～（20）的操作，分别制作字幕"2"至字幕"9"，共计 8 个字幕。注意："1"至"9"的所有字幕内数字的字体尺寸和位置必须一致。

此时，"项目"窗口内出现新建立的 9 个字幕文件。

（22）在程序窗口中选择"序列"→"添加轨道"命令，在"添加音视轨"对话框中选择"添加 1 条视频轨道"。将"添加音频轨道"数量设置为 0，单击"确定"按钮。

此时，时间轴窗口中出现"视频 4"轨道。

（23）将"项目"窗口中"9"至"1"字幕顺次用鼠标拖动方式拖放到视频 4 中。注意除了"9"字幕的开始时间、结束时间与第一个"图案"字幕对齐以外，其他"8"至"1"每个字幕显示持续时间调整为 00:00:01:00，字幕的开始位置、结束位置需要调整如图 7-77 所示。

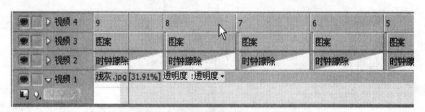

图 7-77　视频 4 中素材安置效果

（24）保存文件，观察实例效果，效果如图 7-78 所示。

图 7-78　实例效果

7.9 任务八：广告宣传片头效果

【任务描述】

制作一个广告宣传片的片头，效果如图 7-79 所示。

【制作要点】

- "效果控制"中"运动"选项中"位置"、"缩放"的设置。
- "边角固定"滤镜的应用。

【实例效果】

图 7-79 实例效果

【操作步骤】

第一部分：导入素材。

（1）启动 Premiere Pro 程序，新创建"广告宣传片头"项目。文件模式为"常用"，打开工作窗口。

（2）在"项目"窗口空白处双击，导入"光盘\实例素材\第七章\广告宣传片头"文件夹中相关文件到"项目"窗口中。

第二部分：制作片首字幕。

（3）制作字幕。在菜单栏"字幕"下拉菜单中选择"新建字幕"里的"默认静态字幕"，打开"新建字幕"对话框，为新建立的字幕起名为"欢迎你"，打开字幕编辑器。

（4）单击字幕样式中"方正行楷"发光样式，在编辑区内合适位置单击，输入文字"欢迎你"，字体填充颜色为"黄色"。

（5）通过 按钮来调整文字所在的位置和大小。

（6）在菜单栏"字幕"下拉菜单中选择"新建字幕"里的"默认静态字幕"，打开"新建字幕"对话框，为新建立的字幕起名为"来我们学校"，打开字幕编辑器。

（7）单击字幕样式中"方正行楷"发光样式，在编辑区内合适位置单击，输入文字"来我们学校"，字体填充颜色为"黄色"。

（8）使用 按钮来调整文字的位置和大小。

关闭字幕编辑窗口，程序项目窗口中出现新建立的两个字幕。

（9）将字幕"欢迎你"拖动到视频 3 中起始位置处，结束时间为 00:00:02:24。在"效果控制"窗口里，将它的"位置"选项设置 2 个关键帧。

1）时间指示器移动到 00:00:00:06 处，"位置"更改为"-115.5，288"，打开关键帧开关。

2）时间指示器移动到 00:00:00:10 处，"位置"更改为"367.1，288"。

（10）将字幕"来我们学校"拖动到视频 2 中，位置与"欢迎你"字幕起始处对齐，结束位置为 00:00:02:24。在"特效控制"窗口里，将它的"位置"选项设置 2 个关键帧。

1）时间指示器移动到 00:00:00:17 处，"位置"更改为"896，288"，打开关键帧开关。

2）时间指示器移动到 00:00:01:11 处，"位置"更改为"376.7，288"。

设置之后，两个字幕会以很快的速度分别从屏幕两端进入，如图 7-80 所示。

图 7-80　加入字幕效果

（11）将"项目"窗口中的"片头"拖动到视频 1 中作为背景，开始时间定为 00:00:00:00，结束时间为 00:00:02:24，如图 7-81 所示。

👁	▷ 视频 3	欢迎你
👁	▷ 视频 2	来我们学校
👁	▽ 视频 1	片头.avi 透明度 :透明度 ▾

图 7-81　加入背景

（12）在"效果控制"选项卡中，为"片头"设置比例参数为"224"。这样，一个带有动态效果的片头就设计好了。

第三部分：制作电视画面变换的效果。

（13）将"电视 1"素材拖拽到视频 1 中的 00:00:02:24 处，将它的结束时间设置为 00:00:13:09。在"效果控制"标签中将其"比例"调整为高度比例"197"，宽度比例"179"。

（14）将"01"、"02"、"03"素材使用鼠标拖动到视频 2 中，第一个素材开始于 00:00:02:24，最后一个素材结束于 00:00:13:09。将 3 个素材的显示时间平均分配，如图 7-82 所示。

图 7-82　素材加入

（15）在"效果控制"选项卡中，将"01"素材的"位置"更改为"380.3，248.2"，将它的"比例"改为高度比例"12.6"，宽度比例"12"。

（16）在"效果"面板中"视频特效"里找到"扭曲"滤镜下"边角固定"效果，使用鼠标拖拽到"01"素材之上。

（17）在"效果控制"中的"边角固定"效果的名称上双击，节目窗口中会出现 4 个标志点。鼠标拖动这 4 个标志点与液晶电视的内沿对齐。画面图案变成了电视内的节目，如图7-83 所示。

图 7-83　将画面嵌入电视

（18）重复步骤 14～16 的操作，将 3 幅图片素材全部嵌入电视内部，仿佛原本就是电视内的节目。

（19）为"电视 1"、"01"、"02"、"03"图片加入"叠化"切换效果效果。

方法：打开"效果"面板，在"视频切换效果"文件夹中"叠化"效果中找到"叠化"子效果，将其拖放到素材开头或连接处，出现切换效果标记。默认切换效果内部参数，如图7-84 所示。

（20）将"项目"窗口中的"片尾"视频拖放在视频 3 的轨道中，结束时间为 00:00:13:09，如图 7-84 所示。

图 7-84　项目中各轨道素材分布

（21）将"效果"面板中"视频特效"下"键"中的"亮度键"滤镜拖拽到视频 3"片尾"视频之上。

（22）在"效果控制"中"亮度键"效果下，将"界限"调整为"85"；将"截断"调整为"48"，如图 7-85 所示，此时"片尾"视频中的蓝色光带不断重复出现在视频中。

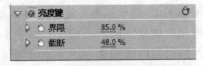

图 7-85　"亮度键"滤镜参数设置

在节目窗口观察结果，液晶电视中出现不断变化的画面。

7.10　任务九：日全食

【任务描述】

制作一个模拟"日全食"的过程的视频，效果如图 7-86 所示。

【制作要点】

- "效果控制"中"运动"选项中"位置"、"比例"的设置。
- "渐变"滤镜的应用。
- "快速模糊"滤镜的应用。
- "圆"滤镜的应用。

【实例效果】

图 7-86　实例效果

【操作步骤】

第一部分：导入素材。

（1）启动 Premiere Pro 程序，新创建"日全食"项目。文件模式为"常用"，打开工作窗口。

（2）在"项目"窗口空白处双击，导入"光盘\实例素材\第七章\日全食"文件夹中"背景"文件到"项目"窗口中。

（3）将"背景"素材从项目窗口拖拽到时间轴视频 1 中，在"效果控制"选项卡中的"运动"下，将比例更改为"59"。将它的显示结束时间设置为 00:01:39:00。

第二部分：制作太阳字幕。

（4）在菜单栏"字幕"下拉菜单中选择"新建字幕"里的"默认静态字幕"，打开"新建字幕"对话框，为新建立的字幕起名为"太阳"，打开字幕编辑器。

（5）单击椭圆工具，使用 Shift 键和鼠标一起画一个正圆形。"填充类型"为"实色"，"色彩"为"红色"。通过按钮来调整太阳所在的位置和大小。

（6）将"太阳"字幕加入到时间轴视频 2 中，显示时间长度与背景相同。

（7）为使得太阳不显得太突兀，为太阳的周围设置模糊效果。方法：在"效果"面板中找到"视频特效"中的"模糊&锐化"中的"快速模糊",将其使用鼠标拖拽的方法加入到视频 2 中"太阳"字幕上。

（8）在"效果控制"选项卡下的"快速模糊"滤镜中有 3 个参数。将"模糊程度"设置为"13","模糊尺寸"设置为"水平与垂直",如图 7-87 所示。

通过这个滤镜的加入,我们看见太阳原来清晰的轮廓变模糊柔和了,如图 7-88 所示。

图 7-87　快速模糊滤镜参数设置　　　　图 7-88　太阳加入滤镜后的效果

第三部分:画月亮。

（9）单击"项目"窗口下方工具栏内新建分类按钮，在下拉菜单中选择"彩色蒙板",弹出"颜色拾取"对话框,如图 7-89 和图 7-90 所示。选择"黑色",单击"确定"按钮。

图 7-89　新建分类　　　　　　　图 7-90　"颜色拾取"对话框

（10）为新建的蒙板选取名字:"月亮",如图 7-91 所示。

在"项目"窗口中,立刻出现"月亮"素材。我们将它当作月亮的背景。

（11）将"月亮"素材拖放到时间轴视频 3 中,显示长度与视频 1 和视频 2 的显示长度一致。

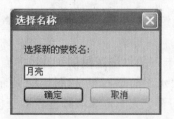

图 7-91　建立"月亮"蒙板

（12）在"效果"面板中找到"视频特效"中的"生成"滤镜组。将其中的"圆"滤镜拖放在视频 3 中"月亮"素材上。

（13）在"效果控制"选项卡中找到"圆"滤镜，将滤镜中圆的"半径"设置为"54"；"羽化外侧边"为"10"。这样，一个比太阳略小，边缘色彩同样很柔和的"月亮"就做好了。

（14）设置"月亮"的运动路径（此操作关键帧设置越多，效果越好），如图 7-92 所示。

1）时间指示器为 00:00:00:00 时，位置为"67.9，242.8"；打开关键帧开关。此处为月亮出现处。

2）时间指示器为 00:00:33:23 时，位置为"427.1，172.4"；月亮向太阳靠近。

3）时间指示器为 00:00:46:03 时，位置为"507.5，162.9"；此处刚好与"太阳"图像完全重合。

4）时间指示器为 00:00:55:01 时，位置为"597.0，157.6"；月亮离开太阳。

5）时间指示器为 00:01:23:17 时，位置为"807.3，107.5"；月亮远离太阳。

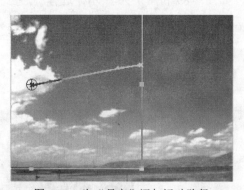

图 7-92　为"月亮"添加运动路径

（15）为"月亮"设置"颜色"和"透明度"的关键帧，如图 7-93 所示。

1）将时间指示器移动到 00:00:00:00 处，颜色为"白"，"透明度"为"0"。打开"颜色"和"透明度"关键帧开关，此时的月亮是透明的。

2）将时间指示器移动到 00:00:46:04 处，颜色为"黑灰"，"透明度"为"100"。此时的月亮是不透明的，它正好将太阳遮住。

3）将时间指示器移动到 00:00:54:17 处，颜色为"浅黄"，"透明度"为"60"，此时的月亮是半透明的。

通过步骤（14）、（15）的设置，产生这样的效果：月亮从远处向太阳靠近，颜色越来越深，越来越不透明，直到将太阳完全遮住，产生日全食。当月亮远离太阳后，又变得颜色轻薄透明了。

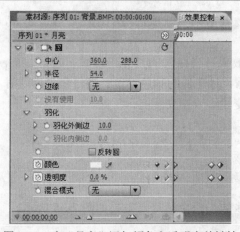

图 7-93　为"月亮"添加颜色和透明度关键帧

第四部分：为背景图片加入"渐变"滤镜效果。

在太阳被月亮遮住之后，背景应该变成灰暗色。所以在"背景"素材中需要加入"渐变"滤镜。

（16）在"效果"面板中，找到"视频特效"下的"生成"滤镜组中的"渐变"滤镜。将它拖拽到视频 1 中的"背景"素材上。

（17）在"效果控制"选项卡中查看，"渐变"特效已经出现在窗口里。"渐变"滤镜内包含 7 个参数：渐变开始；开始色；渐变结束；结束色；渐变形状；渐变扩散；与原始素材混合。

我们将"渐变开始"设置为"600，0"；"开始色"设置为"黑色"；"渐变结束"设置为"0，500"；"结束色"设置为"黑色"；"渐变形状"为线性渐变。

此时整个画面是非常灰暗的。

（18）我们为"渐变"滤镜设置"与原始素材混合"参数的关键帧，如图 7-94 所示。

1）时间为 00:00:32:22 时，"与原始素材混合"为"100"，打开关键帧开关。

2）时间为 00:00:46:03 时，"与原始素材混合"为"20"（即日全食出现时）。

3）时间为 00:00:57:17 时，"与原始素材混合"为"100"。

图 7-94　添加渐变特效

　　与原始素材混合作用：设置渐变蒙板的透明程度。数值越大，原图像越清晰，蒙板遮盖作用越小。

　　在节目窗口预览视频效果：当白天的月亮出现时，它是一个浅白色的圆，天空晴朗；当月亮靠近太阳时，天色变暗，月亮变的颜色厚重；当日全食出现时，月亮变黑，天空变黑；当月亮离开时，月亮的颜色变浅，天空变明亮。

7.11　任务十：下乡记

【任务描述】

制作一段描写宝宝下乡的快乐生活片，效果如图 7-95 所示。

【制作要点】

- "效果控制"中"运动"选项中"位置"、"比例"的设置。
- "摄像机视图"滤镜的应用。
- "黑&白"滤镜的应用。
- "色彩传递"滤镜的应用。
- "阴影"滤镜的应用。
- "摆入"场景切换效果的应用。

【实例效果】

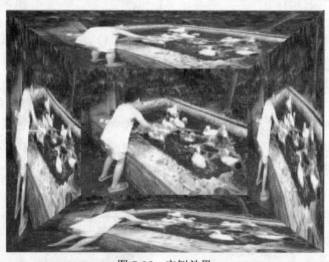

图 7-95　实例效果

【操作步骤】

第一部分：导入素材。

（1）启动 Premiere Pro 程序，新创建"下乡记"项目。文件模式为"常用"，打开工作窗口。

（2）在"项目"窗口空白处双击，导入"光盘\实例素材\第七章\下乡记"文件夹中全部文件到"项目"窗口中。

（3）将"图 1"和"图 2"素材从"项目"窗口拖拽到时间轴视频 1 中，如图 7-96 所示。

图 7-96　将图片放入视频 1 中

（4）单击视频 1 中"图 1"，在"效果控制"选项卡中的"运动"下，将"比例"更改为"17"，"旋转"设置为"-90"。将它的显示结束时间设置为 00:00:10:01。

（5）单击视频 1 中"图 2"，在"效果控制"选项卡中的"运动"下，将"比例"更改为"20"。将它的显示时间设置为从 00:00:10:02 到 00:00:20:24。

第二部分：制作片头。

（6）在"效果"面板中，找到"视频特效"的"变换"滤镜组下"摄像机视图"滤镜。将该滤镜拖拽到视频 1 中"图 1"素材上。

该滤镜效果模仿摄像机从不同的角度拍摄一个剪辑。通过控制摄像机的位置，可以扭曲剪辑图像的形状，它随着时间变化多方位调整视频，具有透视效果。

（7）单击视频 1 中"图 1"素材，在"源素材"窗口中"效果控制"里设置"摄像机视图"滤镜的参数。我们在 5 个时间点上设置关键帧，各个关键帧设定的数值如图 7-97 至图 7-101 所示。各时间点见图示左下角位置。打开相关关键帧开关。

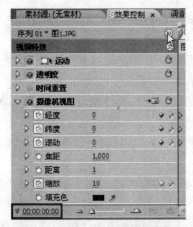

图 7-97　第一个关键帧的设置

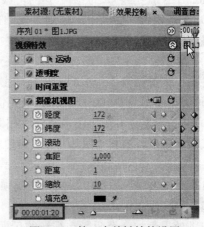

图 7-98　第二个关键帧的设置

图 7-99　第三个关键帧的设置

图 7-100　第四个关键帧的设置

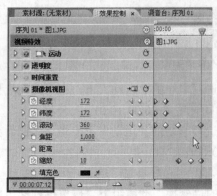
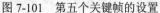

图 7-101　第五个关键帧的设置

图 7-102　"黑&白"滤镜效果

注意：在所有的关键帧中，"填充色"的颜色都要选择"黑色"。

（8）在"效果"面板中，找到"视频特效"下的"图像控制"滤镜组下的"黑&白"。将该滤镜拖拽到视频 1 中"图 1"素材上。

"黑&白"滤镜的作用是将彩色视频颜色调整为黑白视频。

该滤镜没有具体的参数可供设置。只要将滤镜加入视频，视频立即变成黑白颜色，效果如图 7-102 所示。

（9）在"效果"面板中，找到"视频特效"下的"图像控制"滤镜组下的"色彩传递"滤镜。将该滤镜拖拽到视频 1 中"图 2"素材上。

（10）单击视频 1 中"图 2"素材，在"源素材"窗口中"效果控制"里设置"色彩传递"滤镜的参数。该滤镜有 2 个参数，先将"颜色"设置为"墨绿"。

1）时间指示器为 00:00:11:23 时，"相似性"为"1"，打开关键帧开关。

2）时间指示器为 00:00:15:23 时，"相似性"为"100"。

加入该滤镜后，素材"图 2"将从黑白色的视频逐渐加入墨绿颜色，最后再次恢复为彩色视频。

（11）在"效果"面板中，找到"视频特效"下的"透视"滤镜组下的"阴影"滤镜，将该滤镜拖拽到视频 1 中"图 2"素材上。

该视频效果添加一个阴影在视频的后面。它主要是在视频的边界之外创建阴影效果。

（12）单击视频 1 中"图 2"素材，在"源素材"窗口中"效果控制"里设置"阴影"滤镜的参数。该滤镜有 6 个参数，我们只设置其中的 2 个就可以了。

1）时间指示器为 00:00:12:05 时，"阴影色"为"黄色"，"方向"为"152.5"。打开关键帧开关。

2）时间指示器为 00:00:16:01 时，"阴影色"为"红色"，"方向"为"1*30"。

加入该滤镜后，素材"图 2"的周围将出现颜色和位置都在变换的阴影。

当然，用户可以根据需要加入相应的关键帧，则视频会随时间变化，阴影的形状、颜色、角度都会发生改变。建议阴影颜色选择一种明亮的色彩。

（13）为"图 1"和"图 2"之间加入"叠化"切换效果。在"效果"面板中"视频切换效果"文件夹里找到"叠化"下的"叠化"切换效果，将其拖放到视频 1 中"图 1"和"图 2"之间，出现切换效果标记。使用该切换效果默认参数。

（14）在菜单栏"字幕"下拉菜单中选择"新建字幕"里的"默认静态字幕"，打开"新建字幕"对话框，为新建立的字幕起名为"字幕 01"，打开字幕编辑器。

（15）单击字幕样式中"方正行楷"发光样式，在编辑区内合适位置单击，输入文字"宝贝下乡记"。字体填充颜色为"红色"。

（16）通过 ▶ 按钮来调整文字所在的位置和大小。

（17）将"字幕 01"从"项目"窗口拖拽到视频 2 轨道中，起始时间为 00:00:10:01，终止时间为 00:00:22:24。

（18）在视频 2 中"字幕 01"前端加入"叠化"切换效果。方法如步骤（13）。

第三部分：制作视频内容。

（19）将"1"、"2"、"3"视频内容顺序拖放在视频 1 轨道中，位置如图 7-103 所示。

图 7-103　视频轨道中各素材的安置

第四部分：五画同映效果。

（20）在"序列"菜单下选择"添加轨道"命令，为当前文件添加 2 个视频轨道。

（21）在"项目"窗口中，将"3"视频拖动到时间轴视频 2 到视频 5 之中，使得每个视频轨道都有"3"视频的相同内容，如图 7-104 所示。

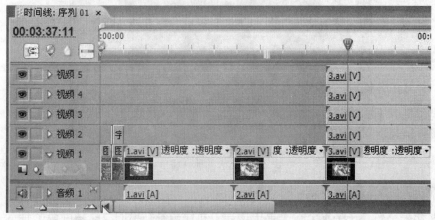

图 7-104　加入 4 个视频

（22）对视频 1 中"3"视频的尺寸进行调整：单击选定"3"视频，然后在"效果控制"中"运动"下找到"比例"参数，将其"比例"设置为"151"，使视频充满整个节目窗口。

（23）使用同样的方法，将视频 2 至视频 5 中所有视频尺寸调整为相同的数值。

（24）在"效果"面板中"视频切换效果"文件夹里找到"3D 运动"下的"摆入"效果，将其拖放到视频 2 到视频 5 中"3"素材的开头处，出现切换效果标记。

（25）单击新加入的 4 个"摆入"切换效果图标，将它们的切换效果设置相同内容：持续时间为 00:00:01:05；校准：开始于切点；开始和结束画面的位置："23.8"，如图 7-105 所示。

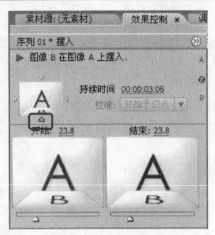

图 7-105   切换效果的设置

    注意：这 4 个场景切换效果还要有不同的地方，在设置过渡方向时，4 个视频轨道要设置上、下、左、右 4 种不同的进入方向。

    （26）单击视频 1 中 "3" 视频素材，在 "效果控制" 中 "运动" 下找到 "比例" 参数，将其 "比例" 设置为 "80"。观察节目窗口中的结果，如图 7-106 所示。

图 7-106   五画同映效果

    第五部分：加入飘动的字幕。

    （27）在菜单栏 "字幕" 下拉菜单中选择 "新建字幕" 里的 "默认静态字幕"，打开 "新建字幕" 对话框，为新建立的字幕起名为 "快乐"，打开字幕编辑器。

    （28）单击字幕工具栏中 ▢ 矩形工具，在编辑区内合适位置拖动鼠标形成矩形。

    （29）在字幕属性中选择 "填充"，填充的类型为 "4 色渐变"，如图 7-107 所示。将 "色彩" 旁边的色板里设置出 4 个顶角的颜色为 "红黄粉绿"。矩形变成了具有 4 种颜色的彩色旗帜，如图 7-108 所示。通过 ▶ 按钮来调整矩形位置和大小。

    （30）单击字幕样式中 "方正行楷" 发光样式，在编辑区内合适位置单击，输入文字 "做个小鹅真快乐"。字体填充颜色为 "白色"，如图 7-109 所示。

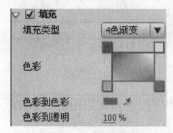

图 7-107　字幕属性

图 7-108　彩色旗帜

图 7-109　加入文字

（31）通过 按钮来调整文字所在的位置和大小。

（32）关闭字幕编辑窗口。"项目"窗口出现相应的"快乐"字幕文件名。

（33）将"项目"窗口中"快乐"字幕拖动到时间轴窗口视频 6 中的 00:04:39:03 处，使其结束时间与视频 1 中视频结束时间相同。

（34）在"效果"面板中的"视频特效"文件夹里，找到"扭曲"类滤镜中的"弯曲"弯曲滤镜，拖动到时间轴窗口视频 6 中的"快乐"字幕之上。保持滤镜自带参数，如图 7-110 所示。

（35）将时间轴中音频 2 到音频 5 轨道前面的 标记通过鼠标单击的方式去掉，避免在视频播放过程中，5 条音轨同时发出声音，影响视频收看效果，如图 7-111 所示。

图 7-110　字幕效果

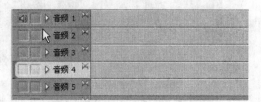

图 7-111　去掉多余音轨的声音效果

在节目窗口中预览新生成的视频文件。

7.12　任务十一：失败的拍摄

【任务描述】

本节重点介绍几种可以导致视频模糊不清的滤镜的应用，效果如图 7-112 所示。

【制作要点】

- 输出单帧。
- "反转"滤镜的应用。
- "方向模糊"滤镜的应用。
- "重影"滤镜的使用。
- "高斯模糊"滤镜的应用。

【实例效果】

图 7-112　实例效果

【操作步骤】

第一部分：导入素材。

（1）启动 Premiere Pro 程序，新创建"失败的拍摄"项目。文件模式为"常用"，打开工作窗口。

（2）在"项目"窗口空白处双击，导入"光盘\实例素材\第七章\失败的拍摄"文件夹中全部文件到"项目"窗口中。

（3）将所有素材从"项目"窗口拖拽到时间轴视频 1 中，如图 7-113 所示。

图 7-113　将素材导入时间轴

第二部分：加入"方向模糊"滤镜。

（4）将"效果"面板中"视频特效"的"模糊＆锐化"下的"方向模糊"滤镜拖拽到视频 1 中的"1"视频之上。

（5）在"效果控制"选项卡中"方向模糊"滤镜效果下，有 2 个参数：方向和模糊长度。

模糊长度设置得越大，视频播放时效果越模糊，参数设置情况如图 7-114 所示。

图 7-114　参数设置

第三部分：输出单帧。

（6）使用剃刀工具将视频"1（1）"素材的开始部分切去 00:00:00:24 时间长度。既将开始的黑屏部分去掉。

（7）将时间指示器放在视频 1 中素材"1（1）"的开始处，选择"文件"→"导出"→"单帧"命令，弹出"输出单帧"对话框。在对话框中输入文件的名称并指定存储路径，如图 7-115 和图 7-116 所示。

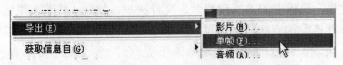

图 7-115　导出单帧

图 7-116　"输出单帧"对话框

这时我们输出的是一个静态的画面。

（8）将刚输出的单帧画面命名为"输出单帧"。此时，"输出单帧.bmp"文件出现在"项目"窗口中。将"输出单帧.bmp"两次插入到时间轴视频 1 的"1（1）"视频素材之前，持续时间调整为 00:00:02:00。

第四部分：制作底片效果。

（9）在"效果"面板中的"视频特效"文件夹里，找到"通道"滤镜组下的"反转"滤镜，使用鼠标拖动的方法将该滤镜加入到视频 1 中任意一个"输出单帧.bmp"素材上面。

该滤镜的效果是可以将原来的视频中颜色转变成调色板中相反颜色。

该滤镜有 2 个参数可以设置，如图 7-117 所示。

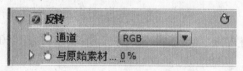

图 7-117 "反转"滤镜参数

参数"与原始素材"中数值越大，加入滤镜效果后的视频与原视频的颜色差异就越小。

第五部分：制作重影效果。

（10）在"效果"面板中的"视频特效"文件夹里，找到"模糊&锐化"滤镜组中的"重影"滤镜，使用鼠标拖动的方法将该滤镜加入到视频 1 中"1（2）"素材上面。

该视频效果是将当前播放的帧画面透明的覆盖到前一帧的画面上，从而产生一种影子的效果，在电影特技中经常用到。

"重影"滤镜没有相关参数需要设置。

第六部分：加入"高斯模糊"滤镜效果。

（11）在"效果"面板中的"视频特效"文件夹里，找到"模糊&锐化"滤镜组中的"高斯模糊"滤镜，使用鼠标拖动的方法将该滤镜加入到视频 1 中"1（3）"素材上面。

（12）在"效果控制"选项卡中找到"高斯模糊"效果。其中有 2 个参数可以设置，如图 7-118 所示。

该视频效果对当前画面进行模糊处理，产生的效果是应用普通模糊效果的几倍。

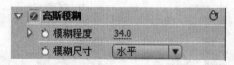

图 7-118 "高斯模糊"滤镜参数的设置

我们看到原来的清晰图案变得越来越模糊。

在节目窗口预览视频修改过的效果。

7.13　任务十二：电视特效

【任务描述】

制作一段特殊状态下的电视效果：没有节目的电视画面→出现宽银幕电视→电视信号不稳定→电视信号暂停→电视正常播放，效果如图 7-119 所示。

【制作要点】

● 黑场视频的建立。

● "裁剪"滤镜效果的使用。

- "帧同步"滤镜效果的使用。
- "彩条"的调用。

【实例效果】

图 7-119　实例效果

【操作步骤】

第一部分：导入素材。

（1）启动 Premiere Pro 程序，新创建"电视特效"项目。文件模式为"常用"，打开工作窗口。

（2）在"项目"窗口空白处双击，导入"光盘\实例素材\第七章\电视特效"文件夹中全部文件到"项目"窗口中。

第二部分：加入黑场视频。

（3）选择"文件"→"新建"→"黑场视频"命令，如图 7-120 所示。

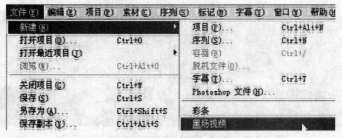

图 7-120　新建黑场视频

（4）在"项目"窗口中，将新建立的"黑场视频"插入到视频 1 的最前端。

（5）将所有素材从"项目"窗口拖拽到时间轴视频 1 中黑场视频之后，如图 7-121 所示（由于黑场视频很短，所以在图 7-121 中几乎看不到它）。

图 7-121　将视频导入时间轴中

（6）浏览时间轴上视频，发现它们的显示比例还较好，所以不再更改。

第三部分：制作宽银幕电视效果。

宽银幕制作效果可以在创建新项目时设定，也可以通过滤镜的方式实现。

（7）将"效果"面板中"视频特效"的"变换"滤镜组下的"裁剪"滤镜拖拽到视频 1 中"3"视频素材之上。

该视频效果是将图像不需要的边缘修剪掉，修剪后的视频保持原来的尺寸。

（8）在"效果控制"选项卡中"裁剪"滤镜效果下，有 5 个参数可以设置。我们希望做出宽银幕的电视效果，所以只选择裁剪视频的"顶"和"底"两部分，具体参数如图 7-122 所示。

图 7-122　　"裁剪"滤镜参数设置

裁剪后的视频如图 7-123 所示。

图 7-123　　使用"裁剪"滤镜前后视频的区别

第四部分：制作电视信号不稳定的效果。

（9）将"效果"面板中"视频特效"的"变换"滤镜组下的"帧同步"滤镜拖拽到视频 1 中"3（1）"之上。不必对该滤镜进行参数设置，即可在节目窗口中看到视频在不停的沿垂直方向滚动，如图 7-124 所示。此特效加入后，视频特别像电视信号不稳定时的效果。

第五部分：制作电视信号暂停的效果。

电视信号暂停效果是系统内部自带的效果。

（10）选择"文件"→"新建"→"彩条"命令，如图 7-125 所示。则在"项目"窗口中出现"彩条"素材。

图 7-124 信号不稳的效果

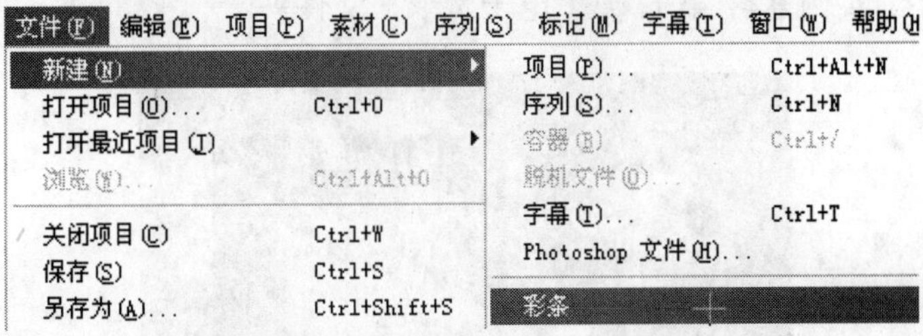

图 7-125 "新建"中"彩条"效果

（11）使用鼠标拖动该素材放到视频 1 "3（1）"之后。
使用节目窗口观察结果彩条的显示，如图 7-126 所示。

图 7-126 彩条效果

7.14 小结

本章通过一些案例介绍常见的视频切换效果和视频滤镜的使用方法，但如果我们希望做出更精彩的视频，仅凭借 Premiere Pro 软件是不够的。比如说，在我们制作一些婚恋开头的视频时，通常会使用 3ds max 来制作一些有流光效果的立体的文字；还可以通过利用 3D 建模，来模拟一些三维立体的画面，如旋转的树、飞驰的车；我们可以 Photoshop 制作精美的图片或特殊效果的蒙板；可以使用 After Effects 制作更完美的特效；还有 Combustion 软件等。Premiere Pro 还在它的"文件"菜单下，增添了"新建 Photoshop 文件"、"与 Adobe 动态连接"，这些内容都有助于我们制作出更精良的作品。

　　另外，我们应该多为自己增加一些欣赏优秀作品的时间。从好的视频作品中，我们可以获得更多的思路和创意。

7.15　课后练习

　　1. 模仿"恭喜发财"制作"北京欢迎你"字幕。要求每个文字单独进入到屏幕，并且进入方式不相同。注意：视频的整体要流畅不突兀。

　　2. 参考教师所给出"电子贺卡"的实例效果，如图 7-127 所示，学生制作视频。

　　素材来源：光盘\实例素材\第七章\"电子贺卡"文件夹。

图 7-127　电子贺卡效果

　　3. 参考教师所给出"小猫"、"小鱼"、"花朵"等图片效果，如图 7-128 所示。学生使用字幕工具手绘图案，可自由发挥想象绘制图案。

　　素材来源：光盘\实例素材\第七章\手绘图案。

图 7-128　其他手绘图案效果

　　4. 制作"柔情贺卡"，效果如图 7-129 所示。

　　素材来源：光盘\实例素材\第七章\柔情贺卡。

　　5. 参考教师所给出"画卷"的实例效果，效果如图 7-130 所示，学生制作视频。

　　素材来源：光盘\实例素材\第七章\画卷。

　　说明：时间轴上各视频轨道安排的效果。

　　视频 1：加入背景，静止状态。

图 7-129 柔情贺卡效果

图 7-130 画卷效果

视频 2：加入画卷的黑色边框，使用 Wipe 擦除效果。

视频 3：加入画面，使用 Wipe 擦除效果。

视频 4：加入左画轴，静止状态。

视频 5：加入右画轴，位置发生改变。

画轴和画卷的黑色边框需要学生用字幕效果自己制作。

6．继续完成"梦境"，尝试使用"颜色键"滤镜和"边缘羽化"滤镜做出相同的效果。

"边缘羽化"滤镜的应用：我们在很多的滤镜里都看见"边缘羽化"的参数，而"边缘羽化"本身也是一个独立的滤镜可以加入到视频中。它的主要功能是将素材的边缘随着参数数值的增大变得越来越轻薄、透明。可以理解为"增大素材边缘的透明度，使其所在视频轨道下方的素材也得以显示"。

7．参考教师所给出的"海底"效果，学生制作视频，效果如图 7-131 所示。

素材来源：光盘\实例素材\第七章\海底。

特别提问：球面镜效果和望远镜效果有什么不同？在球面镜位置和半径不变的情况下，静态的素材能产生类似于望远镜中景物比例放大或位置移动的效果吗？

图 7-131 海底效果

8．制作"美人鱼"的视频，效果如图 7-132 所示。

素材来源：光盘\实例素材\第七章\美人鱼。

9．制作"我的天使"三维的水晶电子相册，实例效果如图 7-133 所示。

（1）观察在相册制作中，使用 Photoshop 处理过的图像的好处。

（2）注意使用"属性粘贴"的办法将多个素材的属性进行复制。

图 7-132　美人鱼效果

（3）加入的滤镜为"透视"滤镜组下的"斜角边"滤镜。认真研究该滤镜的使用方法。
素材来源：光盘\实例素材\第七章\我的天使。

图 7-133　"我的天使"水晶相册效果

　　10．参考教师所给出"下乡记 2"的实例效果，如图 7-134 所示，学生研究该视频的制作方法。
　　素材来源：光盘\实例素材\第七章\下乡记。

图 7-134　下乡记 2 效果

提示：将某一段视频选中，在"素材速度/持续时间"对话框中选定"速度反向"，该段视频会出现倒放现象，如图 7-135 所示。

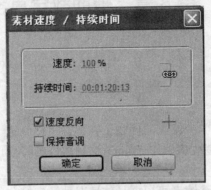

图 7-135　"素材速度/持续时间"对话框

11. 观察案例中的"底片效果"，回忆这种效果多是应用在哪一类的电视节目中。

12. 尝试使用"视频特效"中"变换"滤镜组下的"滚动"滤镜，观察该滤镜与"帧同步"滤镜的区别。

第 8 章 辅助教学篇

8.1 本章内容

本章对 Premiere 课程教学中常见的问题予以解答，并制定一些相应的辅助教学计划。通过这些内容可以使读者更清楚地认识 Premiere 这种软件的特点，可以更轻易地掌握驾驭软件的技巧。

本篇计划课时为 24 课时，读者可根据具体情况酌情安排。

8.1.1 Premiere 教学常见问题

- Premiere 视频制作中常见问题
- Premiere 软件使用过程中常用技巧

8.1.2 辅助教学计划

- 户外拍摄计划
- 案例分析通用格式
- 综合练习任务书
- 大型案例分析通用格式

8.2 Premiere 视频制作中常见问题

使用 DV 拍摄视频素材，想转到计算机中，编辑该如何做？

（1）计算机必须安装 1394 卡，之后打开 PR，设置好制式 Pal，用 1394 线将 DV 和计算机连接，再在 Premiere 中点采集。设置时选 DV 采集设备之类的选项。

（2）将 DV 调到播放模式，在计算机上就会有同步的画面显示，想要哪段就采集哪段即可。XP 系统不用 1394 驱动，计算机会自动找到 1394 卡。如果计算机是 XP 系统，那么就不用考虑驱动问题。

（3）如果失败则应该检查：

1）1394 卡是否插得牢靠？

2）1394 卡和 DV 的连接线是否连接妥当无误？

注意：Premiere 在启动时会出现一个视频格式的设置界面，必须设置在 PAL 制 DV 的选项，这样 Premiere 才能找到在 1394 上连接妥当的 DV 机，并能控制 DV 的放像、采集和录像。Premiere 中编辑加工的录像可以在 DV 机的屏幕上直接播放并录回到 DV 磁带上加以保存。

8.3 Premiere 软件使用过程中常用技巧

8.3.1 Premiere 制作音乐电子相册的方法和流程

Premiere Pro CS3 是 Adobe 公司出品的视频编辑工具，是目前功能最强大的视频制作软件之一，与其他视频制作工具相比，Premiere 操作要复杂一些，不过它能做出更精彩的视频相册。下面简单介绍使用 Premiere 制作音乐电子相册的流程。

1. 创建新项目

运行 Premiere 程序后，选择"新建"项目。在新建项目窗口中选择创建一个视频格式。可以选择"自定义设置"选项，然后在"常规"的"编辑模式"下选择 DV PAL 即可。在"名称"中输入新项目的名称，再选择项目的存储文件夹路径，然后单击"确定"按钮进入 Premiere 编辑界面。

2. 导入图片素材

进入 Premiere 界面后，在"项目"窗口的空白位置双击，打开输入对话框。此时可以把电子相册需要的图片文件导入到 Premiere 中。导入图片后，素材会显示在"项目"窗口中，音乐和视频素材都可以通过此种方式导入到"项目"窗口等待编辑。

3. 使用字幕编辑相册标题

在菜单栏中单击"字幕"→"新建字幕"→"默认静态字幕"命令打开字幕编辑窗口，创建文字素材。我们可以在窗口中输入文字，然后在右边的"字幕属性"中设定文字的显示样式。如果要省事，还可以直接选择 Premiere 已经内置好的文字样式。返回 Premiere 主界面，就可以看到"项目"窗口中已经加载了刚才制作的文字素材。

4. 将素材添加到时间轴

从"项目"窗口选中要加入到电子相册中的素材文件，依次将它们拖拽到时间轴上。视频文件只能放置在视频轨道里，音频文件放在音频轨道里。拖动时间轴左下方的滑块可以缩放时间轴的显示比例。

5. 添加视频转场效果

为电子相册的每个图片交接位置添加视频转场效果。在"效果"面板中找到"视频切换效果"，有多种视频切换的效果选择，可以从中挑选比较好的效果，添加到时间轴视频轨道的两个图片素材文件之间。视频轨道上添加了转场效果，则每个素材之间都会出现一个小图标。

6. 添加音乐

我们可以把音乐文件导入到"项目"窗口中等待编辑，然后把音乐文件拖到时间轴的音频轨道上。一般音乐文件的长度为 5 分钟左右，如果电子相册图片较少的话，整个相册的播放时间比较短，所以我们需要对音乐进行一些裁剪，让它的长度符合相册图片的长度。

在工具面板中选择剃刀工具，在音频轨道上对文件进行分割。右击音频轨道上选择要删除的部分，在弹出的快捷菜单中选择"清除"命令将其删除。

7. 添加文字描述

想让电子相册的内容更生动，可以为每个图片添加一些文字描述。文字素材的制作方法，参考第五章字幕制作的步骤。在将文字加入到对应的画面上时，应该将该字幕放置在其他的视频轨道与画面对应的位置上。

8. 视频输出

输出电子相册作品，可以选择"文件"→"导出"命令，然后选择"影片"。设定输出文件保存的路径，确定输出即可。一般 Premiere 模式将视频输出为 AVI 的格式。如果要自己设定输出格式，可以在保存文件窗口单击"设置"按钮打开设置窗口，然后在"常规"中设定输出的格式。在 Video 视频中设定输出的视频画面尺寸大小 Frame Size 的值。

8.3.2　制作相册相关技巧

1. 为字幕添加特效

如果要想字幕更加有特色，可以使用"效果"面板中的"视频特效"选项，从中挑选一些视频特效，将它们应用到文字素材上。

已经添加了视频特效的视频素材，在时间轨道上显示时会有一条紫色的线条出现。

2. 调节视频素材的播放时间

方法一：静态视频图片在 Premiere 中的默认播放长度为 150 帧。如果操作者希望改变画面播放的时间，可以在视频轨道上选中单个素材右击，在弹出的快捷菜单中选择"速度/持续时间"命令，然后在弹出的窗口中手动设定该画面的播放时间。

方法二：在菜单栏中"编辑"→"参数"→"常规"命令，弹出"参数"设置对话框。将"静帧图像默认持续时间"修改为需要的数值，从此导入到"项目"窗口中的静态素材的显示时间就自动更改为需要的帧数了。

3. 调节背景音乐音量

可以选择音频轨道上的音乐文件右击，在弹出的快捷菜单中选择"音频增益"命令，调节音频文件音量大小。

8.3.3　加入视频切换效果的一般流程

（1）将视频素材拖放到时间线面板视频轨道中，排好顺序，无缝连接。

（2）从"效果"面板里找到"视频切换效果"文件夹。展开不同转换效果的文件夹，把选中的场景切换效果拖放到"时间轴"窗口中要加入的素材之间。素材间出现转换标志。

（3）改变视频场景切换选项内参数的设置。单击视频轨道中加入的视频切换效果标志。在"效果控制"选项卡中会出现"切换效果设置"窗口。需要设置的项目有切换持续时间、切换校准的位置、切换过程中相邻素材边缘线条的设置、切换方向的设置。没有特殊要求时可以直接使用切换效果的默认参数。

以"摆入"切换效果为例，如图 8-1 所示。

8.3.4　加入视频滤镜效果的一般流程

（1）将"时间轴"窗口的时间指示器移动到需要添加滤镜效果的素材位置上。

（2）从"效果"面板中，找到"视频特效"文件夹。打开"视频特效"文件夹左侧的三角形展开按钮，在相关滤镜组中挑选出需要的特效效果，使用鼠标拖动的方式将效果加入到时间轴中相应的素材上，释放鼠标。

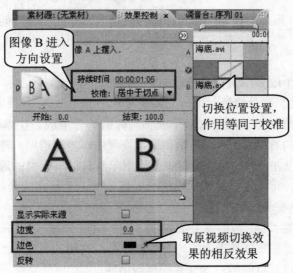

图 8-1　切换效果设置内容

（3）单击已经加入特效的素材，在"源监视器"窗口的"效果控制"选项卡下调整新加入滤镜的各项参数。

注意：在调整滤镜参数时要将时间指示器停留在正在编辑的素材之上，这样可以随时从节目窗口中观察视频加入滤镜后的效果。

（4）预演视频，查看结果。如果不满意，可以重新调整所加入滤镜的类型，或调整滤镜的参数，至满意为止。

（5）删除滤镜效果的方法：可以在"效果控制"选项卡中，右击要删除的滤镜名称，选择"清除"命令。

（6）屏蔽滤镜效果的方法：可以在"效果控制"选项卡中，单击要屏蔽效果的滤镜名称前的 标志。当标志消失时，滤镜效果被屏蔽。

（7）复制滤镜效果的方法：右击需要复制的素材文件，选择快捷菜单中的"复制"。在希望具有相同属性的素材上右击，在弹出的快捷菜单中选择"粘贴属性"命令。值得注意的是，粘贴属性的方法不会更改被粘贴素材的视频的内容及显示长度。它只能将素材的显示时间允许的范围内的"运动"、"透明度"及其他特效的参数和关键帧复制过来。

8.3.5　制作字幕的一般流程

（1）在菜单栏"字幕"下拉菜单中选择"新建字幕"里的"默认静态字幕"，打开"新建字幕"对话框。如果需要制作的是动态字幕的话，可以直接选择"新建字幕"中的"默认滚动字幕"和"默认游动做字幕"。为新建立的字幕起名，打开字幕编辑窗口。

（2）在字幕创建窗口的控制按钮区，有 按钮，它可以将当前字幕完成动态/静态字幕的转换。

（3）设置输入字幕的字体。

（4）单击 文本按钮，将鼠标移动到字幕编辑区，光标变为 T 状。在编辑区适当的位置单击，出现闪烁的光标，输入字幕的文字。

（5）根据作者喜好，在字幕属性中调整字体大小、字距、行距、倾斜等相关选项。

（6）单击选择工具 ▣，移动字幕到合适的位置上，完成字幕的创建。

8.3.6　叠加效果的制作

叠加效果是将两个或多个素材重叠在同一个屏幕上播放。

1. 使用"透明度"叠加视频

改变视频的透明度可以使两个或多个视频同时或部分播放。在本软件中我们可以更改任意视频轨道中的素材的透明度。透明度数值高，视频内容轻薄透明；透明度数值低，视频内容坚实不透明。我们可以在"时间轴"窗口中使用钢笔工具调整素材的透明度，也可以在"效果控制"选项卡中调整。可以通过对透明度进行关键帧的设置，完成素材"淡入淡出"的效果。

2. 使用键控设置叠加的效果

在"视频特效"的"键"文件夹中，共有 14 种不同的键控效果。它可以实现在素材叠加时，指定上层的素材哪些部分是透明的，哪些部分是不透明的。它与"透明度"设置叠加的区别在于"透明度"是将素材的所有部分共同变得透明。

使用键控效果非常简单，只需要将效果直接拖拽到视频轨道中素材所在的位置就可以了。以"蓝屏键"为例：它可以把素材中的蓝色部分变得透明。比如在拍摄电影的时候，希望能够做出人在天上飞翔的动作，只需要让演员在一块蓝色布背景上"飞翔"式的移动，再将这个素材叠放在天空的视频之上。使用"蓝屏键"处理带人物的素材，蓝色部分变透明，人就如同在背景中的天空中飞翔一样。"绿屏键"、"颜色键"、"亮度键"等都是一样的道理。

8.3.7　键控滤镜效果解析

Alpha 调节：将素材中的通道内的黑色区域变透明，可以显示素材所在视频轨道下方的素材内容，素材本身在 Alpha 通道内黑色区域被屏蔽不能显示。通道内白色区域可以显示原素材中内容，下方视频不被显示。

蓝屏键：素材中蓝色部分变透明，可以显示下方视频轨道内的素材内容。

色度键：从素材中选择一种颜色，使其部分变透明。

颜色键：与"色度键"效果基本相同。

差异蒙板键：在上方视频轨道的素材中指定一幅图画作为蒙板。叠加时去除蒙板在上方的素材的匹配位置的视频内容，露出底层素材。

四点蒙板扫除、八点蒙板扫除、十六点蒙板扫除：使用若干个定点设置任意形状的透明部分的外轮廓。

图像蒙板键：利用静态图片创建透明度。黑色部分透明，白色部分不透明，灰色部分半透明。

亮度键：使素材中颜色暗的部分变透明。

无红色键：将素材中的蓝色、绿色部分变透明。

RGB 差异键：与"色度键"功能相似。但不能调节灰色部分透明度。

移除蒙板：使素材中白色或黑色部分透明。

轨道蒙板键：利用动态的蒙板图片叠加两个素材，需要使用 3 个视频轨道。它将顶层素材相对于中间静止图像的白色区域保持可见状态，将底层素材相对于中间静止图像的黑色区域保持可见状态。例如"海洋动物"案例中的流动的字幕的制作。

8.4　辅助教学计划

作为影视制作的一种新兴软件，Premiere 可以带给我们并不只是因为它具有完善的功能。从客观意义上来说，成功更在于用户独特的设计思路和实际操作的熟练程度。没有好的思路的作品只能是一个庸俗的作品，没有熟练的技巧只能做出粗糙的画面。所以，想要以影视制作为专业特长的人应该有这样一种学习能力：即每时每刻留心观察身边的电视、电影、广告等成功的视频案例，将得到的创作启发应用到自身的视频创作中，只有这样才能在提高自己的眼界的同时也提高自身的设计水平。所以，在学习视频制作的后期，一定注意设计视频故事板这一环节。

另外，想要制作出一个出色的视频文件，与 Premiere 有关联的其他程序，如 Photoshop、AE 等以及一些小的辅助插件，用户应该能够熟练使用。因为有很多特技效果是 Premiere 程序完成不了的。

在学习过程中，应该加强学员对摄录素材重要性的认识。本书建议学习中增加 4 次左右的学生户外拍摄活动。这样既可以丰富教学素材，又可以增强学生对学科应用的认识。建议使用 6 课时。

每学习 4～5 个讲座，应该为学员演示有针对性的视频实例。也可以是学生自己的作品，分析视频制作途径。目的是开阔眼界、拓展思路，能够将已经学习的内容学以致用。建议使用 6 课时。

每学习完一个阶段知识，如过渡、滤镜、字幕、音频等内容，要加以综合题目练习。建议使用 8 课时。

在学习之末，找到网络或现实生活里著名的视频制作实例，逐步分析其视频结构，制作特点，提高自身认知结构。建议使用 4 课时。

8.4.1　户外拍摄计划一

【拍摄主题】

动物或人物系列图片及视频。

【拍摄要求】

（1）图片素材不少于 30 张，视频素材不少于 5 个片断，平均视频长度超过 3 分钟。

（2）素材内容协调一致。

【拍摄前的准备】

（1）检查电池电量。

（2）检查数码录像带是否备足。

（3）如果需要长时间拍摄，最好准备三角架。

【摄像机的拍摄技巧】

（1）在有需要时才变焦，习惯在变焦前后先定镜 5 秒。

（2）保持摄像机处于水平，切勿过分移动摄像机。

（3）顺光拍摄。

【拍摄纪实】

（1）拍摄地点：_____。

（2）拍摄内容提要：_____。

（3）图片文件共_____张。

（4）视频文件共_____段。

视频1：时间长度：

内容：

视频2：时间长度：

内容：

视频3：时间长度：

内容：

视频4：时间长度：

内容：

视频5：时间长度：

内容：

实践时间：

参与者分组情况：

教师评价：

8.4.2 户外拍摄计划二

【拍摄主题】

风景、旅游系列图片及视频。

【拍摄要求】

（1）图片素材不少于30张，视频素材不少于5个片断，平均视频长度超过3分钟。

（2）素材内容协调一致。

【拍摄纪实】

（1）拍摄地点：_____。

（2）拍摄内容提要：_____。

（3）图片文件共_____张。

（4）视频文件共_____段。

视频1：时间长度：

内容：

视频2：时间长度：

内容：

视频3：时间长度：

内容：

视频 4：时间长度：
　　　　内容：
视频 5：时间长度：
　　　　内容：
实践时间：
拍摄者情况：

教师评价：

8.4.3　户外拍摄计划三

【拍摄主题】
企业、事业宣传主题系列图片及视频
【拍摄要求】
（1）图片素材不少于 30 张，视频素材不少于 5 个片断，平均视频长度超过 3 分钟。
（2）素材内容协调一致。
【拍摄纪实】
（1）拍摄地点：＿＿＿＿＿＿。
（2）拍摄内容提要：＿＿＿＿＿＿。
（3）图片文件共＿＿＿＿＿＿张。
（4）视频文件共＿＿＿＿＿＿段。
视频 1：时间长度：
　　　　内容：
视频 2：时间长度：
　　　　内容：
视频 3：时间长度：
　　　　内容：
视频 4：时间长度：
　　　　内容：
视频 5：时间长度：
　　　　内容：
实践时间：
拍摄者分组情况：

教师评价：

8.4.4　户外拍摄计划四

【拍摄主题】

大型活动系列图片及视频。

【拍摄要求】

（1）图片素材不少于 30 张，视频素材不少于 5 个片断，平均视频长度超过 3 分钟。

（2）素材内容协调一致。

【拍摄纪实】

（1）拍摄地点：＿＿＿＿＿＿。

（2）拍摄内容提要：＿＿＿＿＿。

（3）图片文件共＿＿＿＿＿张。

（4）视频文件共＿＿＿＿＿段。

视频 1：时间长度：

　　　　内容：

视频 2：时间长度：

　　　　内容：

视频 3：时间长度：

　　　　内容：

视频 4：时间长度：

　　　　内容：

视频 5：时间长度：

　　　　内容：

实践时间：

拍摄者分组情况：

教师评价：

8.4.5　案例分析通用格式

案例视频来源：

案例视频名称：

视频文件类别：

文件持续时间：

视频表达主题：

该视频制作最大特点/优点：

可能使用的视频轨道数：

可能使用的音频轨道数：

素材种类：静态素材＿＿＿＿＿＿个；动态素材＿＿＿＿＿＿段。

列举能找到的滤镜效果名称（中英文）及其加入滤镜产生的效果：

列举能找到的场景切换效果名称（中英文）：

视频中有无字幕？字幕设计为动态字幕还是静态字幕？

音频文件是否加入特殊效果？

点评该视频优缺点：

是否可以在规定课时内独立制作出相似视频？

制作结果比原视频有提高，还是没达到该视频效果？

实践时间：

分组名单：

教师评价：

8.4.6　综合练习任务书一

1. 任务说明

（1）项目名称："可爱小动物"电子相册

项目类型：专业技术课

项目要求：多媒体、动漫专业必做

难易程度：**

计划学时：2

（2）项目实施方案。

教学内容和目的：利用户外拍摄的素材制作一段关于动物的视频，练习视频切换效果的使用。

应具备知识：视频转场，视频轨道、音频轨道叠加，关键帧的使用。

（3）操作过程。

使用自己拍摄的素材，并且加入适当的 PS 图片、Flash 动画，做出动物视频。

（4）工具、素材：自拍视频，相关图片、音乐。

（5）注意事项：注意视频播放过程中，画面不能过于花哨，混乱，故事的发展思路清晰。

（6）评分标准：完成基本操作 6 分，有提高效果另外加分，满分 10 分。

2．知识点涉及

视频转场，视频轨道、音频轨道叠加，关键帧的使用。

3．分组名单

每个学生独立完成。

4．故事板

5．任务实施

视频中加入_____种转场效果，_____效果最好。

视频中使用的音频轨道数_____，视频轨道数_____。

6．教师评价

7．学生体会

8．实践时间

9．实践成绩

8.4.7 综合练习任务书二

1．任务说明

（1）项目名称：美丽的*****

项目类型：专业技术课

项目要求：多媒体、动漫专业必做

难易程度：**

计划学时：2

（2）项目实施方案。

教学内容和目的：利用户外拍摄的素材制作一段关于风景、旅游的视频。

应具备知识：视频转场，视频轨道、音频轨道叠加、视频滤镜、关键帧的使用。

（3）操作过程。

使用自己拍摄的素材，并且加入适当的 PS 图片、Flash 动画，做出风景视频。

（4）工具、素材：自拍视频，相关图片、音乐。

（5）注意事项：注意视频播放过程中，画面不能过于花哨，混乱，故事的发展思路清晰。

（6）评分标准：完成基本操作 6 分，有提高效果另外加分，满分 10 分。

2．知识点涉及

视频转场，视频轨道、音频轨道叠加，关键帧的使用。

3．分组名单

每个学生独立完成。

4．故事板

5．任务实施

视频中加入＿＿＿＿＿＿种转场效果，＿＿＿＿＿＿效果最好。

视频中使用的音频轨道数＿＿＿＿＿＿，视频轨道数＿＿＿＿＿＿。

6．教师评价

7．学生体会

8．实践时间

9．实践成绩

8.4.8　综合练习任务书三

1．任务说明

（1）项目名称：****主题宣传片

项目类型：专业技术课

项目要求：多媒体专业、动漫专业必做

难易程度：***

计划学时：2

（2）项目实施方案。

教学内容和目的：制作一个关于企业、事业的主题宣传视频片段。

应具备知识：视频滤镜，视频转场，视频轨道、音频轨道叠加、字幕及关键帧的使用。

（3）操作过程。

使用自己拍摄的素材，并且加入适当的 PS 图片、Flash 动画，做出宣传片的效果。

（4）工具、素材：自拍视频，相关图片、音乐。

（5）注意事项：注意视频播放过程中，画面不能过于花哨，混乱，故事的发展思路清晰。

（6）评分标准：完成基本操作 6 分，有提高效果另外加分，满分 10 分。

2．知识点涉及

视频转场，视频轨道、音频轨道叠加，关键帧的使用。

3．分组名单

每个学生独立完成。

4．故事板

5．任务实施

视频中加入_____种转场效果，_____效果最好。

视频中使用的音频轨道数_____，视频轨道数_____。

6．教师评价

7．学生体会

8．实践时间

9．实践成绩

8.4.9　综合练习任务书四

1．任务说明

（1）项目名称：****大型活动

项目类型：专业技术课

项目要求：多媒体专业必做

难易程度：****

计划学时：2

（2）项目实施方案。

教学内容和目的：制作一个关于运动会、新年联欢等具有较大场面的视频片段。

应具备知识：视频滤镜，视频转场，视频轨道、音频轨道叠加、字幕及关键帧的使用。

（3）操作过程。

使用自己拍摄的素材，并且加入适当的 PS 图片、Flash 动画，做出宣传片的效果。

（4）工具、素材：自拍视频，相关图片、音乐。

（5）注意事项：注意视频播放过程中，画面不能过于花哨，混乱，故事的发展思路清晰。

（6）评分标准：完成基本操作 6 分，有提高效果另外加分，满分 10 分。

2．知识点涉及

视频转场，视频轨道、音频轨道叠加，关键帧的使用。

3．分组名单
每个学生独立完成。

4．故事板

5．任务实施
视频中加入_____种转场效果，_____效果最好。
视频中使用的音频轨道数_____，视频轨道数_____。

6．教师评价

7．学生体会

8．实践时间
9．实践成绩

8.4.10　大型分析活动通用格式（例）

案例视频来源：网络视频
案例视频名称：馒头血案
文件持续时间：
视频表达主题：

视频是否借用其他成品影片片段：
影片《无极》，***

视频是否借用其他成品音频片段：
《好日子》，***

直观该视频制作最大特点/优点：

典型素材处理方法（将处理素材的时间点也列举出来）

静态素材：

动态素材：

音频素材：

列举能找到的滤镜效果名称（中英文），指出该滤镜使用时间点，评论达到效果。

列举能找到的场景切换效果名称（中英文），指出该滤镜使用时间点，评论达到效果。

视频中有无字幕？字幕设计为动态字幕还是静态字幕？字幕加入的位置？

音频文件是否加入特殊效果？

点评该视频优缺点，以及个人体会：

实践时间：

参考文献

[1] 郭圣路，宋怀营. Premiere Pro 2.0 从入门到精通（普及版）. 北京：电子工业出版社，2007.

[2] 杰诚文化. Premiere Pro 视频剪辑与特技 108 例. 北京：中国青年出版社，2005.

[3] 曾全，尹小港. Premiere Pro 影视编辑与制作. 北京：人民邮电出版社，2006.

参考文献

[1] ....
[2] ....
[3] ....